Kazuo Ishiguro

Lumière pâle sur les collines

Traduit de l'anglais
par Sophie Mayoux

Gallimard

Cet ouvrage a été publié
aux Presses de la Renaissance en 1984.

Titre original :

A PALE VIEW OF HILLS

Kazuo Ishiguro, né à Nagasaki en 1954, est arrivé en Grande-Bretagne à l'âge de cinq ans. Décrit par le *New York Times* comme « un génie original et remarquable », il est l'auteur de six romans : *Lumière pâle sur les collines*, *Un artiste du monde flottant* (Whitbread Award 1986), *Les vestiges du jour* (Booker Prize 1989), *L'inconsolé*, *Quand nous étions orphelins*, *Auprès de moi toujours*, et d'un recueil de nouvelles, *Nocturnes*. Tous ses ouvrages sont traduits dans plus de quarante langues. En 1995, Kazuo Ishiguro a été décoré de l'ordre de l'Empire britannique pour ses services rendus à la littérature, et, en 1998, la France l'a fait chevalier de l'ordre des Arts et des Lettres. Deux de ses livres ont été adaptés au cinéma : *Les vestiges du jour* et, plus récemment, *Auprès de moi toujours*. Les droits cinématographiques du *Géant enfoui* ont été vendus à Hollywood. Kazuo Ishiguro vit à Londres avec son épouse.

I

Niki : ce nom que nous avons donné à ma fille cadette n'est pas un diminutif, mais le résultat d'un compromis avec son père. Paradoxalement, c'était lui qui voulait lui donner un nom japonais ; quant à moi, souhaitant peut-être égoïstement que rien ne pût me rappeler le passé, je tenais à un prénom anglais. Il accepta finalement Niki, trouvant à ce nom une consonance vaguement orientale.

Elle est venue me voir au début de cette année, en avril ; le temps était encore froid et pluvieux. Elle avait peut-être prévu de rester plus longtemps ; je n'en sais rien. Mais ma maison à la campagne et le calme qui l'entoure la rendaient nerveuse, et je m'aperçus vite qu'elle avait hâte de retrouver sa vie londonienne. Elle écoutait avec impatience mes disques classiques, feuilletait magazine sur magazine. Le téléphone sonnait fréquemment pour elle, et elle foulait alors la moquette à grandes enjambées, sa frêle silhouette serrée dans ses vêtements étroits, fermant soigneusement la porte derrière elle pour ne pas me laisser entendre sa conversation. Elle partit au bout de cinq jours.

Elle ne parla pas de Keiko avant le deuxième jour. C'était un matin gris et venteux, et nous avions rapproché les fauteuils des fenêtres pour voir la pluie tomber sur mon jardin.

« Tu t'attendais à ce que je sois là ? demanda-t-elle. À l'enterrement, je veux dire.

— Non, je ne croyais pas vraiment que tu viendrais.

— Tu sais, ça m'a secouée, quand j'ai su ce qui s'était passé. J'ai failli venir.

— Jamais je n'ai pensé que tu viendrais.

— Les gens se demandaient ce qui m'arrivait, reprit-elle. Je n'en ai parlé à personne. Je crois que j'étais mal à l'aise. Ils n'auraient pas vraiment compris ; ils n'auraient pas compris ce que j'éprouvais. Une sœur, en principe, c'est quelqu'un dont on est proche, non ? On ne l'aime pas forcément beaucoup, mais on en est quand même proche. Mais là, ça ne se passait pas du tout comme ça. Je ne me rappelle même plus comment elle était.

— Il y a déjà longtemps que tu ne l'as vue, c'est vrai.

10

— Je me souviens simplement d'une personne qui me faisait souffrir. C'est ça, le souvenir qu'elle m'a laissé. Mais j'ai quand même été triste, quand j'ai appris la nouvelle. »

Peut-être n'est-ce pas simplement à cause du calme que ma fille est repartie pour Londres. Nous avions beau ne pas nous appesantir sur ce sujet, la mort de Keiko n'était jamais loin : elle planait au-dessus de chacune de nos conversations.

À la différence de Niki, Keiko était entièrement japonaise, et plus d'un journal se hâta de le souligner. Les Anglais ont une théorie de prédilection selon laquelle notre race a l'instinct du suicide, et s'estiment dès lors dispensés de toute autre explication ; ils se contentèrent donc d'annoncer qu'elle était japonaise et qu'elle s'était pendue dans sa chambre.

Ce soir-là, debout près des fenêtres, je regardais la nuit quand j'entendis Niki dire derrière moi : « À quoi penses-tu en ce moment, maman ? » Elle était assise en travers du canapé, un livre broché posé sur ses genoux.

« Je pensais à quelqu'un que j'ai connu autrefois. Une femme que j'ai connue.

— Quelqu'un que tu as connu quand tu... avant de venir en Angleterre ?

— Je l'ai connue quand j'habitais Nagasaki ; je suppose que c'est ce que tu veux dire ? » Elle avait toujours les yeux fixés sur moi, et j'ajoutai : « Il y a longtemps. Bien avant de rencontrer ton père. »

Ma réponse parut lui convenir. Elle fit une réflexion quelconque et se replongea dans son livre. Niki, par bien des côtés, est une enfant affectueuse. Elle n'était pas simplement venue voir comment je supportais la nouvelle de la mort de Keiko ; elle était venue vers moi poussée par le sentiment d'une mission. Ces dernières années, elle avait entrepris d'admirer certains aspects de mon passé, et en venant, elle était résolue à me dire que la situation n'avait changé en rien, que je ne devais pas regretter les choix que j'avais faits autrefois. En somme, elle voulait me rassurer : je n'étais pas responsable de la mort de Keiko.

Je préfère, pour l'instant, ne pas m'attarder sur Keiko ; cela ne m'apporte guère de réconfort. Si je l'évoque, c'est pour situer les circonstances de la visite de Niki, en ce mois d'avril, et aussi parce que, au cours de cette visite, je me rappelai de nouveau Sachiko. après tant d'années. Je n'ai jamais bien connu Sachiko. En fait, notre amitié ne s'étendit que sur quelques semaines d'été, il y a bien longtemps.

Le pire était derrière nous. Les soldats américains étaient aussi nombreux que jamais — car on se battait en Corée —, mais à Nagasaki, après ce qui s'était passé, l'heure était au calme et au soulagement. On le sentait : le monde était en train de changer.

Mon mari et moi, nous vivions dans un quartier de l'est de la ville, non loin du centre par le tram. Une rivière coulait près de là, et l'on me raconta une fois qu'avant la guerre, un petit village s'était développé sur la berge. Mais la bombe était tombée, et il n'était plus resté que des ruines calcinées. La reconstruction avait démarré, et au bout de quelque temps, quatre immeubles en béton avaient été bâtis, dont chacun comptait une quarantaine d'appartements distincts. Sur les quatre, notre bâtiment avait été construit en dernier et marquait la limite atteinte par le programme de reconstruction ; entre nous et la rivière s'étendait une zone de terrains vagues, plusieurs hectares de boue séchée et de ravins. Bien des gens protestaient contre l'insalubrité du lieu ; l'écoulement des eaux se faisait mal, et le résultat était effectivement déplorable. D'un bout de l'année à l'autre, les cratères restaient pleins d'eau stagnante, et en été, les moustiques devenaient intolérables. On voyait de temps en temps des personnages aux allures officielles relever des mesures ou griffonner des notes, mais les mois passaient et rien n'était fait.

Les habitants des immeubles étaient des gens dans notre genre : des couples de jeunes mariés, les hommes ayant trouvé un emploi auprès d'entreprises en pleine expansion. Les logements appartenaient souvent aux entreprises, qui les louaient à leurs employés à un tarif avantageux. Tous les appartements étaient identiques : des sols en tatami, des salles de bain et des cuisines de type occidental. Ils étaient exigus, et pendant les mois d'été, il était difficile d'y maintenir de la fraîcheur, mais dans l'ensemble, les habitants semblaient satisfaits. Et pourtant, je me souviens qu'il y avait dans l'air quelque chose de transitoire, comme si nous avions tous attendu le jour où nous pourrions nous installer ailleurs, et mieux.

Une maisonnette en bois avait survécu aussi bien aux ravages de la guerre qu'aux bulldozers du gouvernement. Je la voyais de ma fenêtre ; elle se dressait, isolée, au bout du terrain vague, presque au bord de la rivière. C'était une bicoque comme on en voit souvent à la campagne, couverte d'un toit de tuiles qui descendait presque jusqu'à terre. Souvent, dans mes moments de loisir, je me mettais à ma fenêtre et je la regardais.

À en juger par l'attention attirée par l'arrivée de Sachiko, je n'étais pas la seule à observer cette maisonnette. On parlait beaucoup de deux hommes qu'on avait vus travailler là un jour — étaient-ce des employés du gouvernement ou non ? Plus tard, on raconta qu'une femme et sa petite fille vivaient là-bas, et je les vis moi-même, à plusieurs reprises, traverser avec peine le terrain raviné.

On était au début de l'été, et j'atteignais mon troisième ou quatrième mois de grossesse, quand je vis pour la première fois une grosse voiture américaine, blanche et cabossée, cahoter sur le terrain vague, dans la direction de la rivière. Il était déjà tard dans la soirée, et le soleil qui se couchait derrière la maisonnette projeta un bref éclat de lumière sur le métal.

Un après-midi, j'entendis deux femmes bavarder à l'arrêt du tram ; elles parlaient de la femme qui avait emménagé dans la maison abandonnée, près de la rivière. L'une d'elles expliquait à sa compagne qu'ayant ce matin même adressé la parole à cette femme, elle s'était fait proprement rembarrer. L'autre reconnut que la nouvelle venue ne paraissait guère sociable — sans doute était-ce par fierté. Elle avait au moins trente ans, à leur avis, puisque l'enfant avait bien dix ans. La première femme ajouta que l'inconnue avait parlé dans le dialecte de Tokyo et n'était certainement pas de Nagasaki. Elles s'entretinrent pendant un moment de son « ami américain », puis la femme évoqua de nouveau l'attitude peu amicale que l'inconnue avait eue ce matin-là à son égard.

Je ne doute pas, maintenant, que parmi ces femmes avec qui je vivais à cette époque il y en avait qui avaient souffert, dont les souvenirs étaient tristes et effrayants. Mais à les voir jour après jour s'affairer autour de leurs maris et de leurs enfants, j'avais du mal à y croire, à penser que leurs vies avaient été habitées par les tragédies et les cauchemars de la guerre. Jamais je n'avais délibérément voulu paraître insociable, mais à vrai dire, sans doute ne faisais-je pas non plus d'efforts dans l'autre sens. À cette époque de ma vie, je désirais encore qu'on me laisse seule.

Mon attention fut donc attirée par ce que ces femmes disaient de Sachiko. Je me le rappelle avec beaucoup de netteté, ce moment passé à l'arrêt du tram, en cet après-midi. C'était un des premiers jours de grand soleil, après la saison pluvieuse de juin, et tout autour de nous séchaient des surfaces ruisselantes de brique et de béton. Nous attendions sur le pont du chemin de fer, et d'un côté des voies, au pied de la colline, on voyait un amas de toits, comme un éboulis de maisons qui auraient roulé jusqu'en bas de la pente. Un peu plus loin, au-delà des maisons, se dressaient nos immeubles, pareils à quatre piliers de béton. Sachiko m'inspira alors une sorte de sympathie, et j'eus le sentiment de comprendre un peu cette attitude distante qui m'avait frappée chez elle lorsque je l'avais observée de loin.

Nous devions devenir amies, cet été-là ; ne fût-ce que pour un moment, je me trouvai admise dans son intimité. Aujourd'hui, je ne sais plus bien comment se déroula notre première rencontre. Je me rappelle l'avoir aperçue un après-midi, loin devant moi, sur le chemin qui conduisait hors de l'ensemble d'habitations. Je me hâtai ; Sachiko, elle, marchait à un rythme régulier. Nous devions déjà, alors, nous appeler par notre nom, car je me rappelle l'avoir hélée en me rapprochant d'elle.

Sachiko se tourna et attendit que je la rattrape. « Que se passe-t-il ? me demanda-t-elle.

— Je suis bien contente de vous rencontrer, lui dis-je un peu essoufflée. Votre fille… je l'ai vue se battre au moment où je sortais. Là-bas derrière, du côté des ravins.

— Elle se battait ?

— Oui, avec deux autres enfants. L'un d'eux était un garçon. Ça m'a fait l'effet d'une bagarre assez méchante.

— Je vois. » Sachiko se remit en marche. Je restai à côté d'elle, adoptant son allure.

« Je ne voudrais pas vous inquiéter, repris-je, mais ça avait vraiment l'air d'une bagarre plutôt violente. Je crois même que j'ai vu une plaie sur la joue de votre fille.

— Je vois.

— Ils étaient là-bas, à la limite du terrain vague.

— Et à votre avis, ils sont toujours en train de se battre ? » Elle continuait à monter la pente.

« À vrai dire, non. J'ai vu votre fille partir en courant. »

Sachiko me regarda en souriant. « Vous n'avez pas l'habitude de voir les enfants se battre ?

— En effet, les enfants se battent souvent ; c'est certainement normal. Mais je me suis dit qu'il valait mieux vous prévenir. Et puis, vous savez, je crois qu'elle n'a pas pris le chemin de l'école. Les autres enfants sont partis vers l'école, mais votre fille a repris la direction de la rivière. »

Sachiko ne répondit pas et continua à monter la pente.

« En fait, poursuivis-je, il y a un moment que je voulais vous en parler. Vous savez, j'ai vu votre fille à plusieurs reprises, ces derniers temps. Je me demande si elle n'a pas un peu tendance à faire l'école buissonnière. »

Le chemin bifurquait en haut de la colline. Sachiko s'arrêta et nous nous fîmes face.

« C'est très gentil à vous de vous en préoccuper, Etsuko, dit-elle. Vraiment très gentil. Je suis sûre que vous allez être une excellente mère. »

Jusqu'alors, comme les femmes qui discutaient à l'arrêt du tram, j'avais donné une trentaine d'années à Sachiko. Mais peut-être sa silhouette juvénile était-elle trompeuse, car son visage paraissait plus âgé. Elle m'observait d'un air légèrement amusé, et quelque chose, dans son expression, me fit rire avec une sorte de gêne.

« Je vous suis vraiment reconnaissante d'être venue me parler, continua-t-elle. Mais comme vous le voyez, je suis un peu pressée, pour l'instant. Il faut que j'aille à Nagasaki.

— Je comprends. Il m'avait simplement semblé qu'il valait mieux vous mettre au courant ; c'est tout. »

Elle continua un instant à me regarder de son air amusé. Puis elle reprit : « Comme vous êtes gentille. Mais je vous prie de m'excuser. Il faut que j'aille en ville. » Elle s'inclina, puis se dirigea vers le chemin qui menait à l'arrêt du tram.

« Vous comprenez, elle avait une plaie sur le visage, dis-je en élevant un peu la voix. Et la rivière est assez dangereuse, par endroits. J'ai pensé qu'il valait mieux venir vous en parler. »

Elle se tourna vers moi et me regarda à nouveau. « Si vous n'avez pas d'autres obligations,

Etsuko, peut-être voudrez-vous bien vous occuper de ma fille pour la journée ? Je reviendrai dans l'après-midi. Je suis sûre que vous vous entendrez très bien avec elle.

— Je n'y vois pas d'inconvénient, si cela vous arrange. Je dois dire que votre fille paraît bien jeune pour qu'on la laisse passer toute la journée toute seule.

— Comme vous êtes gentille », répéta Sachiko. Puis elle sourit à nouveau. « J'en suis sûre, vous allez être une excellente mère. »

Après avoir quitté Sachiko, je redescendis la côte et je traversai l'ensemble d'habitations. Je me retrouvai bientôt devant notre immeuble, face à l'étendue déserte du terrain vague. Comme je n'apercevais pas la petite fille, je faillis rentrer ; mais je discernai alors un mouvement sur la berge de la rivière. Sans doute, auparavant, Mariko était-elle accroupie, car maintenant, je distinguais nettement la silhouette menue de l'enfant, de l'autre côté du terrain boueux. Pendant un moment, j'eus envie d'oublier toute cette histoire et de retourner m'occuper de mon ménage. J'entrepris pourtant, en fin de compte, de m'acheminer vers elle, en prenant soin d'éviter les ornières.

Autant qu'il m'en souvienne, ce fut en cette occasion que je m'adressai pour la première fois à

Mariko. Sans doute son comportement, ce matin-là, n'eut-il en fait rien de particulièrement étrange ; en somme, elle ne me connaissait pas, et il était légitime, de sa part, d'éprouver une certaine suspicion à mon égard. Et s'il est vrai qu'à l'époque, je ressentis un curieux malaise, ce ne fut sans doute qu'une réaction bien naturelle à l'attitude de Mariko.

Ce matin-là, la rivière était encore haute et son cours était rapide, car la saison pluvieuse s'était terminée quelques semaines auparavant. Le terrain descendait en pente raide avant d'atteindre le bord de l'eau, et au pied de la pente, où se trouvait la petite fille, la boue avait l'air nettement plus humide. Mariko portait une robe toute simple, en cotonnade, qui s'arrêtait aux genoux, et ses cheveux coupés court donnaient à son visage quelque chose de garçonnier. Elle leva les yeux sans sourire vers l'endroit où je me tenais, au sommet de la pente boueuse.

« Bonjour, dis-je, je viens de parler avec ta mère. Tu es Mariko-San, n'est-ce pas ? »

La petite fille continuait à me fixer sans rien dire. Ce que j'avais pris pour une blessure sur sa joue n'était, je m'en aperçus alors, qu'une tache de boue.

« Tu ne devrais pas être à l'école ? » demandai-je.

Pendant un instant, elle garda le silence. Puis elle répondit : « Je ne vais pas à l'école.

— Mais tous les enfants doivent aller à l'école. Tu n'aimes pas y aller ?

— Je ne vais pas à l'école.

— Mais ta mère ne t'a pas mise à l'école, ici ? »

En guise de réponse, Mariko augmenta d'un pas la distance qui nous séparait.

« Attention, lançai-je. Tu vas tomber à l'eau. C'est très glissant. »

Elle continuait à me fixer depuis le bas de la pente. Je voyais ses petites chaussures qui gisaient dans la boue, près d'elle. De même que ses chaussures, ses pieds nus étaient couverts de boue.

« Je viens de parler à ta mère, repris-je avec un sourire rassurant. Elle m'a dit que ce serait très bien si tu venais chez moi en attendant son retour. C'est tout de suite là : ce bâtiment, là-bas. Tu pourrais goûter aux gâteaux que j'ai faits hier. Est-ce que ça te plairait, Mariko-San ? Et tu pourrais me parler de toi. »

Mariko continuait à m'observer attentivement. Puis, sans détacher ses yeux de moi, elle se baissa et ramassa ses chaussures. Au début, je crus qu'elle se montrait prête à me suivre. Mais tandis qu'elle gardait les yeux fixés sur moi, je compris qu'elle avait pris ses chaussures pour s'apprêter à s'enfuir.

« Je ne vais pas te faire de mal, dis-je avec un rire nerveux. Je suis une amie de ta mère. »

Autant que je me souvienne, il ne se passa rien de plus entre nous, ce matin-là. Je ne souhaitais pas alarmer l'enfant davantage, et je ne tardai pas à tourner les talons et à rebrousser chemin à travers le terrain vague. Assurément, la réaction de la fillette m'avait quelque peu troublée ; car à cette époque, ce genre de détails ne manquaient pas de susciter en moi tous les doutes possibles sur la maternité. Je tentai de me convaincre que cet épisode ne tirait pas à conséquence, et que de toute façon, d'autres occasions de nouer des liens amicaux avec la petite fille se présenteraient nécessairement dans les jours à venir. En fait, je ne reparlai pas à Mariko jusqu'à un certain après-midi, une quinzaine de jours plus tard.

Avant cet après-midi-là, je n'étais jamais entrée dans la maisonnette, et j'avais été un peu surprise quand Sachiko m'avait invitée. En fait, j'avais eu aussitôt le sentiment qu'elle avait une idée derrière la tête, et la suite prouva que je ne me trompais pas.

La maison était bien rangée, mais je me rappelle qu'il s'en dégageait une impression de misère et de dénuement ; les poutres en bois qui soutenaient le plafond semblaient vieilles et peu sûres, et il traînait partout une vague odeur d'humidité. Sur le devant de la maisonnette, on avait laissé grandes ouvertes les cloisons principales pour donner accès au soleil, du côté de la véranda. Malgré tout, la pièce restait en grande partie plongée dans l'ombre.

Mariko était étendue dans le coin le plus éloigné de la lumière. Je voyais quelque chose bouger près d'elle, dans l'ombre ; quand je m'approchai, je vis un gros chat roulé en boule sur le tatami.

« Bonjour, Mariko-San, lançai-je. Tu te souviens de moi ? »

Elle cessa de caresser le chat et leva les yeux.

« Nous avons fait connaissance l'autre jour, poursuivis-je. Tu te rappelles ? Tu étais au bord de la rivière ».

Rien, dans l'attitude de la fillette, ne montrait qu'elle me reconnut. Elle me regarda un moment, puis se remit à caresser son chat. Derrière moi, j'entendais Sachiko qui préparait le thé sur le réchaud à foyer ouvert, au milieu de la pièce. J'étais sur le point d'aller vers elle lorsque Mariko dit brusquement : « Elle va avoir des chatons.

— Ah oui ? C'est bien, ça !

— Vous voulez un chaton ?

— C'est très gentil à toi, Mariko-San. Nous verrons. Mais je suis sûre qu'ils trouveront tous des maisons agréables.

— Pourquoi est-ce que vous ne prenez pas de chaton ? demanda l'enfant. L'autre femme a dit qu'elle en prendrait un.

— Nous verrons, Mariko-San. Qui était cette autre dame ?

— L'autre femme. La femme qui vit de l'autre côté de la rivière. Elle a dit qu'elle en prendrait un.

— Mais je crois qu'il n'y a personne, de l'autre côté, Mariko-San. Sur l'autre rive, il n'y a que des arbres, de la forêt.

— Elle a dit qu'elle m'emmènerait chez elle. Elle vit de l'autre côté de la rivière. Je ne suis pas allée avec elle. »

Pendant une seconde, je regardai l'enfant. Puis une idée me vint et je ris.

« Mais c'était moi, Mariko-San. Tu ne te rappelles pas ? Je t'ai proposé de venir chez moi pendant que ta mère était en ville. »

Mariko leva à nouveau les yeux vers moi. « Pas vous, dit-elle. L'autre femme. La femme de l'autre rive. Elle est venue ici hier soir. Pendant que maman n'était pas là.

25

« — Hier soir ? Pendant que ta mère n'était pas là ?

— Elle a dit qu'elle m'emmènerait chez elle, mais je ne suis pas allée avec elle. Parce qu'il faisait noir. Elle a dit qu'on pouvait prendre la lanterne — elle indiqua une lanterne accrochée au mur — mais je ne suis pas allée avec elle. Parce qu'il faisait noir. »

Derrière moi, Sachiko s'était levée et regardait sa fille. Mariko se tut, puis se détourna et se remit à caresser son chat.

« Sortons sur la véranda », me dit Sachiko. Elle tenait, sur un plateau, tout ce qu'il fallait pour prendre le thé. « Il fait plus frais dehors. »

Nous suivîmes sa suggestion, laissant Mariko dans son coin. Depuis la véranda, la rivière elle-même était cachée aux regards, mais je distinguais la pente du terrain et l'endroit où la boue devenait plus détrempée, près de l'eau. Sachiko s'assit sur un coussin et commença à servir le thé.

« Il y a ici une foule de chats errants, dit-elle. Pour les chatons, je ne suis pas si optimiste.

— Oui, il y a beaucoup de bêtes errantes. C'est désolant. Est-ce que Mariko a trouvé son chat par ici ?

— Non, nous avons amené cet animal avec nous. Personnellement, j'aurais préféré le laisser, mais pour Mariko, il n'en était pas question.

— Vous avez fait tout le voyage avec lui, de Tokyo jusqu'ici ?

— Mais non. Il y a maintenant presque un an que nous vivons à Nagasaki. Nous habitions de l'autre côté de la ville.

— Ah bon ? Je ne savais pas. Vous viviez avec… avec des amis ? »

Sachiko cessa de verser le thé et me regarda, tenant la théière à deux mains. Je retrouvai dans son regard cette lueur amusée que j'y avais vue l'autre fois, lorsqu'elle m'observait.

« Excusez-moi, Etsuko, mais vous vous trompez tout à fait », dit-elle finalement. Puis elle se remit à servir le thé. « Nous demeurions chez mon oncle.

— Je vous assure que je ne voulais pas…

— Bien sûr. Il n'y a donc aucune raison de vous sentir gênée, n'est-ce pas ? » Elle rit et me passa ma tasse. « Pardon, Etsuko ; je ne voulais pas me moquer de vous. En fait, j'avais bel et bien quelque chose à vous demander. Un petit service. » Sachiko se mit à verser du thé dans sa propre tasse, et ce faisant, parut prendre un air plus grave. Puis elle posa la théière et me regarda. « Comprenez-vous, Etsuko, certains de mes projets ne se sont pas déroulés comme je l'avais prévu. Pour cette raison, je me trouve à court d'argent. Il ne m'en faut pas beaucoup, vous savez. Une petite somme.

— Je comprends parfaitement, dis-je en baissant la voix. Ça ne doit pas être facile pour vous, avec Mariko-San.

— Etsuko, puis-je vous demander un service ? »

Je m'inclinai. « J'ai des économies personnelles. » J'avais presque réduit ma voix à un murmure. « Je serai heureuse de vous apporter une aide. »

À mon étonnement, Sachiko éclata de rire. « Vous êtes très gentille. Mais en fait, je ne voulais pas que vous me prêtiez de l'argent. C'est à autre chose que je pensais. L'autre jour, vous m'avez parlé de quelqu'un. Une amie à vous qui tient une petite échoppe, où elle vend des plats de nouilles.

— Vous voulez parler de Mme Fujiwara ?

— Vous disiez qu'elle avait peut-être besoin d'une aide. Un petit travail de ce genre me serait très utile.

— Eh bien, dis-je, un peu dubitative, si vous le désirez, je peux me renseigner.

— Ce serait très aimable à vous. » Sachiko m'observa pendant un moment. « Mais vous paraissez un peu réticente, Etsuko.

28

— Pas du tout. Je me renseignerai dès que je la verrai. Je me demandais seulement — je baissai à nouveau la voix — qui allait s'occuper de votre fille pendant la journée ?

— Mariko ? Elle pourrait aider, au magasin. Elle est tout à fait capable de se rendre utile.

— J'en suis convaincue. Mais comprenez-vous, je ne sais pas comment Mme Fujiwara réagirait. Après tout, en réalité, Mariko devrait être à l'école pendant la journée.

— Je vous assure, Etsuko, que Mariko ne posera pas le moindre problème. De plus, les écoles ferment la semaine prochaine. Et je veillerai à ce qu'elle ne soit pas encombrante. Vous pouvez être tranquille. »

Je m'inclinai à nouveau. « Je me renseignerai dès que je la verrai.

— Je vous en suis très reconnaissante. » Sachiko but une gorgée de thé. « En fait, j'irai peut-être jusqu'à vous demander de voir votre amie dans les jours qui vont suivre.

— J'essaierai.

— Vous êtes si gentille. »

Il y eut entre nous un moment de silence. Mon attention avait déjà été attirée par la théière de Sachiko : elle était faite d'une porcelaine pâle, et le travail en semblait fin. La tasse que je tenais maintenant dans ma main était de la même substance délicate. Tandis que nous buvions notre thé, je fus frappée — et ce n'était pas la première fois — par le contraste insolite entre le service à thé et l'aspect misérable de la maisonnette, et le terrain boueux qui s'étendait en dessous de la véranda. Lorsque je levai les yeux, je compris que Sachiko m'avait observée.

« J'ai l'habitude de la belle vaisselle, Etsuko, dit-elle. Vous savez, je ne vis pas toujours comme… — d'un geste de la main, elle montra la maisonnette — comme ça. Bien sûr, un peu d'inconfort ne me dérange pas. Mais il y a certaines choses pour lesquelles je suis encore assez difficile. »

Je m'inclinai sans rien dire. Sachiko se mit, elle aussi, à examiner sa tasse à thé. Elle la considéra longuement, la retournant avec précaution entre ses mains. Puis, brusquement, elle lança : « On n'aurait pas tort, je suppose, de dire que j'ai volé ce service à thé. Mais à mon avis, il ne manquera pas beaucoup à mon oncle. »

Je la regardai, un peu étonnée. Sachiko posa la tasse à thé devant elle et chassa quelques mouches d'un revers de main.

« Vous viviez chez votre oncle, n'est-ce pas ? » demandai-je.

Elle hocha lentement la tête. « Une maison magnifique. Avec un étang dans le jardin. Rien à voir avec le cadre de ma vie actuelle. »

Pendant un instant, nous jetâmes toutes deux le regard vers l'intérieur de la maison. Mariko était étendue dans son coin, dans la position où nous l'avions laissée, le dos tourné vers nous. Elle semblait parler doucement à son chat.

« Je ne savais pas, dis-je après qu'un moment de silence se fut écoulé entre nous, qu'il y avait des gens de l'autre côté de la rivière. »

Sachiko se tourna et regarda les arbres sur l'autre rive. « Mais non, je n'ai vu personne là-bas.

— Votre garde d'enfants, pourtant ? Mariko disait qu'elle venait de là-bas.

— Je n'ai pas de garde d'enfants, Etsuko. Je ne connais personne ici.

— Mariko me parlait d'une dame…

— Je vous en prie, n'y prêtez aucune attention.

— Vous voulez dire qu'elle a tout inventé ? »

L'espace d'un instant, Sachiko parut réfléchir. Puis elle reprit : « Oui. Elle a tout inventé.

— Enfin, j'imagine que les enfants font souvent ce genre de choses. »

Sachiko hocha la tête. « Quand vous serez vous-même une mère, Etsuko, dit-elle en souriant, il faudra vous habituer à ce genre de choses. »

Nous passâmes alors à d'autres sujets de conversation. Notre amitié ne faisait que com-

31

mencer, et nous parlions surtout de choses sans importance. Plusieurs semaines s'écoulèrent avant qu'un matin, Mariko fît à nouveau allusion en ma présence à une femme qui lui avait adressé la parole.

II

À l'époque, j'éprouvais encore, à retourner dans le district de Nakagawa, un mélange de tristesse et de plaisir. C'est un quartier au relief accidenté, et chaque fois que je gravissais ces rues abruptes, resserrées entre un fouillis de maisons, je me sentais envahie par le sentiment d'une perte profonde. Je ne m'y serais pas rendue à l'improviste, sur un coup de tête, mais il m'était difficile d'en rester longtemps éloignée.

Mes visites à Mme Fujiwara m'inspiraient de même des sentiments mêlés ; cette femme bienveillante, aux cheveux maintenant grisonnants, avait en effet compté parmi les meilleures amies de ma mère. Son échoppe se trouvait dans une rue latérale très animée ; un auvent couvrait une aire cimentée où mangeaient ses clients, installés sur des bancs, devant des tables en bois. Le commerce allait bon train avec les employés de bureau, pendant la pause du déjeuner et à l'heure où ils rentraient chez eux, mais le reste du temps, la clientèle se raréfiait.

Cet après-midi-là, je n'étais pas très à mon aise, car c'était la première fois que je passais à l'échoppe depuis que Sachiko avait commencé à y travailler. Je m'inquiétais pour l'une aussi bien que pour l'autre, d'autant que j'ignorais si Mme Fujiwara avait réellement été à la recherche d'une aide. Il faisait chaud, et la ruelle grouillait de monde. J'étais contente de venir me mettre à l'ombre.

Mme Fujiwara était heureuse de me voir. Elle me fit asseoir à une table et partit chercher du thé. Cet après-midi-là, les clients étaient rares — peut-être même n'y en avait-il aucun ; je ne m'en souviens pas ; et Sachiko était invisible. Quand Mme Fujiwara revint, je lui demandai : « Comment s'en tire mon amie ? Est-ce qu'elle se débrouille bien ?

— Votre amie ? » Mme Fujiwara regarda pardessus son épaule, vers l'entrée de la cuisine. « Tout à l'heure, elle épluchait des crevettes. Je pense qu'elle ne va pas tarder. » Puis, comme si elle y avait réfléchi à deux fois, elle se leva et fit quelques pas dans la direction de l'entrée. « Sachiko-San, lança-t-elle. Etsuko est ici. » J'entendis une voix répondre de l'intérieur.

En s'asseyant à nouveau, Mme Fujiwara tendit la main et me toucha le ventre. « Ça commence à se voir, dit-elle. Maintenant, il faut que vous soyez prudente.

— De toute façon, je ne fais pas grand-chose. Je mène une vie très tranquille.

— C'est bien. Je me rappelle ma première fois, il y a eu un tremblement de terre, une secousse d'une certaine importance, d'ailleurs. C'était de Kazuo que j'étais enceinte. Ça ne l'a pas empêché de venir au monde en parfaite santé. Essayez de ne pas vous faire de soucis, Etsuko.

— J'essaie. » Je jetai un coup d'œil vers la porte de la cuisine. « Est-ce que mon amie s'en tire bien, ici ? »

Mme Fujiwara suivit la direction de mon regard. Puis elle tourna à nouveau les yeux vers moi et répondit : « Sans doute. Vous êtes de bonnes amies, n'est-ce pas ?

— Oui. Je ne me suis pas fait beaucoup d'amis là où nous vivons. Je suis très contente d'avoir rencontré Sachiko.

— En effet, c'est une chance. » Son regard resta fixé sur moi pendant plusieurs secondes. « Vous avez l'air plutôt fatiguée aujourd'hui, Etsuko.

— Vous avez sans doute raison. » Je ris. « C'est naturel, j'imagine.

— Oui, bien sûr. » Mme Fujiwara ne détachait pas les yeux de mon visage. « Mais je trouvais que vous aviez l'air un peu... triste.

— Triste ? Je ne me sens pas du tout triste. Je suis un peu fatiguée, mais à part ça, jamais je n'ai été plus heureuse.

— C'est bien. Vous devez maintenant vous concentrer sur des pensées agréables. Votre enfant. Et l'avenir.

— C'est ce que je ferai. De penser à l'enfant, cela me remonte le moral.

— Bien. » Elle eut un hochement de tête approbateur, sans me quitter des yeux. « L'attitude, voilà qui fait toute la différence. Une mère aura beau s'occuper matériellement de son enfant, ce qu'il lui faut avant tout pour l'élever, c'est une attitude positive.

— En tout cas, j'attends ce moment avec impatience », dis-je en riant. Un bruit me fit tourner à nouveau le regard vers la cuisine, mais Sachiko n'apparaissait toujours pas.

« Il y a une jeune femme que je vois toutes les semaines, continua Mme Fujiwara. Elle doit être enceinte de six ou sept mois. Je la vois chaque fois que je vais au cimetière. Je ne lui ai jamais adressé la parole, mais je la vois, l'air accablée, debout à côté de son mari. C'est tellement dommage, cette jeune femme enceinte et son mari qui passent tous leurs dimanches à penser aux morts. Je sais qu'ils font preuve de respect, mais quand même, je trouve que c'est désolant. Ils devraient penser à l'avenir.

— J'imagine qu'elle a du mal à oublier.

— Certainement. Je la plains. Mais maintenant, il faut qu'ils regardent vers l'avant. Ce n'est pas comme ça qu'on prépare la venue au monde d'un enfant, en allant toutes les semaines au cimetière.

— Non, sans doute.

— Les cimetières ne sont pas faits pour les jeunes. Kazuo m'accompagne parfois, mais je n'insiste jamais. Pour lui aussi, il est temps de songer à l'avenir.

— Comment va Kazuo ? demandai-je. Tout va bien au travail ?

— Le travail va à merveille. Il pense avoir de l'avancement le mois prochain. Mais il faut qu'il pense un peu à autre chose. Il ne sera pas jeune éternellement. »

J'eus alors l'attention attirée par une petite silhouette qui se découpait dans le soleil, au milieu du flot des passants.

« Mais c'est Mariko, il me semble ! » m'exclamai-je.

Mme Fujiwara se tourna sur son siège. « Mariko-San, lança-t-elle. Où étiez-vous ? »

Un instant, Mariko resta sur la chaussée. Puis elle s'avança à l'ombre de l'auvent, passa devant nous et alla s'asseoir à une table vide, non loin de là.

Mme Fujiwara observa la petite fille, puis me jeta un regard gêné. Elle semblait sur le point de me dire quelque chose, mais elle se leva et alla trouver la petite fille.

« Où étiez-vous partie, Mariko-San ? » Mme Fujiwara baissait la voix, mais je saisissais quand même ses paroles. « Il ne faut pas vous enfuir ainsi sans arrêt. Votre mère est très en colère contre vous. »

Mariko examinait ses doigts. Elle ne leva pas le regard vers Mme Fujiwara.

« Et je vous en prie, Mariko-San, il ne faut jamais parler ainsi aux clients. Vous ne savez pas que c'est très impoli ? Votre mère est très en colère contre vous. »

Mariko examinait toujours ses mains. Derrière elle, Sachiko apparut à l'entrée de la cuisine. Je me souviens qu'en voyant Sachiko ce matin-là, j'eus à nouveau l'impression qu'elle était nettement plus âgée que je ne l'avais supposé tout d'abord ; ses longs cheveux étant dissimulés sous un foulard, les zones de peau fatiguée qui entouraient ses yeux et sa bouche apparaissaient de façon plus marquée.

« Voilà votre mère, dit Mme Fujiwara. Je suis sûre qu'elle est très fâchée contre vous. »

La petite fille était restée assise, tournant le dos à sa mère. Sachiko lui jeta un coup d'œil rapide, puis se tourna vers moi, le sourire aux lèvres.

« Comment allez-vous, Etsuko, dit-elle en s'inclinant avec grâce. Quelle agréable surprise de vous voir ici. »

De l'autre côté de la cour, deux femmes vêtues comme pour aller au bureau s'installaient à une table. Mme Fujiwara leur fit signe, puis se tourna à nouveau vers Mariko.

« Pourquoi n'iriez-vous pas un peu dans la cuisine, murmura-t-elle. Votre mère vous montrera ce qu'il faut faire. C'est très facile. Astucieuse comme vous l'êtes, je suis sûre que vous pourrez vous en tirer. »

Mariko fit mine de ne pas avoir entendu. Mme Fujiwara jeta les yeux vers Sachiko ; l'espace d'un instant, il me sembla qu'elles échangeaient des regards froids. Puis Mme Fujiwara se détourna et se dirigea vers ses clientes. Elle avait l'air de les connaître, car en traversant la cour, elle les salua familièrement.

Sachiko vint s'asseoir au bord de ma table. « Il fait si chaud dans cette cuisine, dit-elle.

— Comment cela se passe-t-il pour vous, ici ? lui demandai-je.

— Comment cela se passe-t-il ? Eh bien, Et-suko, c'est une aventure plutôt amusante que de travailler dans une pareille échoppe. Je dois le dire, je n'avais jamais imaginé que je me retrouverais un jour à récurer les tables dans ce genre d'endroit. Enfin… — elle eut un rire bref — c'est assez amusant.

— Je vois. Et Mariko, est-ce qu'elle s'habitue ? »

Nos regards se portèrent sur la table de Mariko ; l'enfant contemplait toujours ses mains.

« Mariko ? Elle va bien, dit Sachiko. Bien sûr, elle est parfois un peu turbulente. Mais dans de telles circonstances, le contraire serait étonnant. C'est regrettable, Etsuko, mais vous savez, ma fille ne partage apparemment pas mon sens de l'humour. Elle ne trouve pas cela si amusant d'être ici. » Sachiko sourit et tourna les yeux vers Mariko. Puis elle se leva et la rejoignit.

Elle lui demanda posément : « C'est vrai, ce que m'a dit Mme Fujiwara ? »

La petite fille resta muette.

« Elle dit que tu as encore été impolie avec des clients. C'est vrai ? »

Mariko ne répondait toujours pas.

« C'est vrai, ce qu'elle m'a dit ? Mariko, je te prie de répondre quand on te parle.

— La femme est revenue, dit Mariko. Hier soir. Pendant que tu n'étais pas là. »

Sachiko regarda sa fille pendant une ou deux secondes. Puis elle lui dit : « Je crois que tu ferais mieux d'aller à l'intérieur, maintenant. Vas-y, je te montrerai ce que tu as à faire.

— Elle est revenue hier soir. Elle a dit qu'elle m'emmènerait chez elle.

— Va, Mariko, va dans la cuisine et attends-moi là.

— Elle va me montrer où elle habite.

— Mariko, va à l'intérieur. »

De l'autre côté de la cour, Mme Fujiwara et les deux femmes bavardaient en poussant des éclats de rire sonores. Mariko contemplait toujours les paumes de ses mains. Sachiko s'écarta et revint à ma table.

« Excusez-moi un instant, Etsuko, dit-elle. J'ai laissé quelque chose sur le feu. Je reviens dans un instant. » Elle ajouta en baissant la voix : « On peut difficilement lui demander de s'enthousiasmer pour un endroit pareil, n'est-ce pas ? » Elle sourit et repartit vers la cuisine. Sur le seuil, elle se tourna une fois de plus vers sa fille.

« Viens, Mariko, rentre à l'intérieur. »

Mariko ne bougea pas. Sachiko haussa les épaules et disparut dans la cuisine.

Vers la même période, au début de l'été, Ogata-San vint nous rendre visite, pour la première fois depuis qu'il avait quitté Nagasaki, au commencement de cette année-là. C'était le père de mon mari, et aussi curieux que cela puisse paraître, j'y pensais toujours comme à « Ogata-San », alors même que c'était devenu mon propre nom. Mais il y avait si longtemps que je l'appelais « Ogata-San » — longtemps même avant que j'aie rencontré Jiro — que je ne m'étais jamais habituée à l'appeler « père ».

Il n'y avait pas un grand air de famille entre Ogata-San et mon mari. Aujourd'hui, lorsque j'évoque l'image de Jiro, je vois un homme petit et râblé à l'expression sévère ; mon mari prenait toujours grand soin de son apparence, et même à la maison, il portait fréquemment une chemise et une cravate. Je me le représente maintenant tel que je le voyais si souvent, assis sur le tatami de notre salle de séjour, courbé au-dessus de son petit déjeuner ou de son dîner. Je me rappelle qu'il avait, de même, tendance à se voûter — d'une façon assez analogue à celle d'un boxeur — lorsqu'il se tenait debout ou qu'il marchait. À la différence de lui, son père, lorsqu'il était assis, rejetait toujours ses épaules en arrière, et il avait dans son attitude quelque chose de détendu et de généreux. Lors de la visite qu'il nous fit cet été-là, Ogata-San était encore en excellente santé ; bien bâti, il faisait preuve d'une belle forme physique et de l'énergie robuste d'un homme beaucoup plus jeune.

Je me rappelle le matin où il fit allusion pour la première fois à Shigeo Matsuda. Il y avait alors quelques jours qu'il était chez nous ; apparemment, il trouvait la petite pièce carrée suffisamment confortable pour un séjour prolongé. C'était un beau matin ensoleillé, et nous terminions tous les trois notre petit déjeuner avant le départ de Jiro pour le bureau.

« Ta réunion d'anciens élèves, dit-il à Jiro. C'est ce soir, n'est-ce pas ?

— Non, c'est demain soir.

— Tu vas voir Shigeo Matsuda ?

— Shigeo ? Non, j'en doute. En général, il ne participe pas à ce genre d'assemblées. Je regrette de devoir m'absenter et te laisser, père. Je préférerais me dispenser d'y assister, mais cela pourrait déplaire.

— Ne t'inquiète pas. Etsuko-San saura bien s'occuper de moi. Et ces réunions ont leur importance.

— Je prendrais volontiers quelques jours de congé, dit Jiro, si nous n'avions pas tant à faire en ce moment. Comme je le disais, nous avons reçu cette commande, au bureau, le jour même de ton arrivée. C'est vraiment ennuyeux.

— Pas du tout, reprit son père. Je comprends parfaitement. Il n'y a pas si longtemps que j'étais moi-même débordé de travail. Je ne suis pas si vieux que ça, tu sais.

— Mais non, bien sûr. »

Pendant un bon moment, nous continuâmes à manger en silence. Puis Ogata-San dit :

« Tu ne penses donc pas rencontrer Shigeo Matsuda. Mais il t'arrive encore de le voir, de temps en temps ?

— Pas très souvent, ces temps-ci. Nous avons pris des chemins si différents, en vieillissant...

— Oui, ainsi vont les choses. Les élèves prennent tous des chemins différents, et ils ont ensuite bien du mal à rester en relation. Voilà pourquoi ces réunions sont si importantes. On ne devrait pas oublier si vite les liens anciens. Et il est bon de jeter parfois un regard en arrière ; cela aide à avoir une vision d'ensemble. Oui, je pense vraiment qu'il faut que tu y ailles demain.

— Peut-être père sera-t-il encore avec nous dimanche ? dit mon mari. Dans ce cas, nous pourrions partir en promenade pour la journée.

— Mais oui, c'est une excellente idée. Mais si tu as du travail, cela n'a pas d'importance.

— Non, dimanche, je pense que je pourrai me libérer. Je regrette d'être aussi pris en ce moment.

— Avez-vous invité pour demain certains de vos anciens professeurs ? demanda Ogata-San.

— Non, pour autant que je sache.

— C'est regrettable qu'on n'invite pas plus souvent les professeurs en ce genre de circonstances. Il m'est arrivé d'être invité. Et dans ma jeunesse, nous tenions toujours à inviter nos professeurs. Cela me paraît relever des convenances élémentaires. Ainsi, le professeur a l'occasion de voir les fruits de son travail, et les élèves peuvent lui exprimer leur gratitude. À mon avis, il convient que certains professeurs soient présents.

— Oui, ton opinion se justifie.

— De nos jours, les hommes oublient trop facilement à qui ils doivent leur instruction.

— Tu as tout à fait raison. »

Mon mari acheva de manger et posa ses baguettes. Je lui servis du thé.

« Il s'est passé l'autre jour quelque chose de singulier, reprit Ogata-San. Rétrospectivement, je suis prêt à reconnaître que c'est plutôt amusant. J'étais à la bibliothèque de Nagasaki, et je suis tombé sur un périodique — une revue publiée par des professeurs. Je n'en avais jamais entendu parler, elle n'existait pas de mon temps. À la lire, on a l'impression que tous les professeurs du Japon sont maintenant communistes.

— Il semble que le communisme se développe dans le pays, dit mon mari.

— Ton ami Shigeo Matsuda était signataire d'un article. Figurez-vous ma surprise quand je vis qu'il était question de moi dans cet article. Je ne savais pas que j'étais si célèbre, à l'heure actuelle. »

J'intervins : « Je suis sûre qu'encore maintenant, on se souvient très bien de père, à Nagasaki.

— C'était tout à fait extraordinaire. Il parlait du Dr Endo et de moi, à l'occasion de nos départs en retraite. Si j'ai bien compris, il laissait entendre que le corps professoral gagnait à s'être débarrassé de nous. À vrai dire, il allait jusqu'à insinuer que nous aurions dû être renvoyés à la fin de la guerre. Tout à fait extraordinaire.

— Tu es sûr que c'est le même Shigeo Matsuda ? demanda Jiro.

— Lui-même. Du lycée de Kuriyama. Extraordinaire. Je me rappelle quand il venait chez nous pour jouer avec toi. Ta mère le chouchoutait. J'ai demandé à la bibliothécaire si je pouvais en acheter un exemplaire ; elle m'a dit qu'elle en commanderait un à mon intention. Je te le montrerai.

— Cela paraît très déloyal, dis-je.

— J'étais vraiment surpris, reprit Ogata-San en se tournant vers moi. Et dire que c'est moi qui l'ai présenté au directeur de Kuriyama. »

Jiro avala son thé et s'essuya la bouche avec sa serviette. « C'est très regrettable. Comme je le disais, il y a un certain temps que je n'ai vu Shigeo. Je te demande pardon, père ; je dois te quitter, ou je vais être en retard.

— Mais oui, bien sûr. Bonne journée ; travaille bien. »

Jiro passa dans l'entrée et entreprit de mettre ses chaussures. Je me tournai vers Ogata-San : « Quand on a atteint une position telle que la vôtre, père, on doit s'attendre à être parfois critiqué. C'est dans l'ordre des choses.

— Bien sûr, dit-il en éclatant de rire. Ne vous inquiétez pas pour cela, Etsuko. Je n'y ai pas accordé la moindre importance. Cette affaire m'est revenue à l'esprit parce que Jiro devait aller à sa réunion. Je me demande si Endo a lu l'article en question.

— Je te souhaite une bonne journée, père, lança Jiro depuis l'entrée. Je tâcherai de revenir un peu plus tôt, si c'est possible.

— Mais non, ne fais donc pas tant d'histoires. Ton travail est important. »

Un peu plus tard, ce matin-là, Ogata-San émergea de sa chambre portant veston et cravate.

« Vous sortez, père ? demandai-je.

— J'ai eu l'idée d'aller rendre visite au Dr Endo.

— Au Dr Endo ?

— Oui, j'ai eu envie d'aller voir comment il se portait, ces temps-ci.

— Mais vous comptez y aller avant le déjeuner ?

— Je me suis dit que j'avais intérêt à partir assez vite, dit-il en regardant sa montre. Endo vit maintenant à quelque distance de Nagasaki. Il faut que je prenne un train.

— Dans ce cas, je vais vous préparer un repas à emporter, j'en ai pour une minute.

— Je vous remercie, Etsuko. Dans ce cas, j'attendrai quelques minutes. À vrai dire, j'espérais que vous me feriez cette proposition.

— Eh bien, vous auriez dû me le demander, dis-je en me levant. Vous savez, père, vous n'obtiendrez pas toujours ce que vous désirez en procédant par allusions.

— Mais j'étais sûr que vous me comprendriez, Etsuko. Je vous fais confiance. »

Je gagnai l'entrée de la cuisine, passai des sandales et descendis dans la pièce carrelée. Quelques minutes après, la cloison s'ouvrit et Ogata-San apparut dans l'embrasure. Il s'assit sur le seuil pour me regarder travailler.

« Qu'est-ce que vous me cuisinez là ?

— Pas grand-chose. Des restes d'hier soir, c'est tout. En me prévenant aussi peu à l'avance, vous ne méritez rien de mieux.

— Et pourtant je suis sûr que vous arriverez à en faire quelque chose de tout à fait appétissant. Et l'œuf, à quoi va-t-il servir ? Ce n'est quand même pas un reste ?

— J'ajoute une omelette. Vous avez beaucoup de chance, père. Je suis d'humeur très généreuse.

— Une omelette. Il faut que vous m'appreniez à faire ça. C'est difficile ?

— Extrêmement difficile. Au point où vous en êtes, il est inutile d'espérer que vous allez apprendre.

— Mais j'ai un vif désir d'apprendre. Et que voulez-vous dire, "au point où j'en suis" ? Je suis encore assez jeune pour acquérir bien des connaissances nouvelles.

— Avez-vous vraiment le projet de devenir cuisinier, père ?

— Cela n'a rien de risible. Au fil des années, j'en suis venu à apprécier l'art culinaire. C'est un art tout aussi noble, j'en suis convaincu, que la peinture ou la poésie. Si on ne l'apprécie pas, c'est simplement que le résultat en disparaît trop vite.

— Persévérez à peindre, père. Vous y réussissez bien mieux.

— La peinture. » Il soupira. « Elle ne me donne plus les mêmes satisfactions qu'autrefois. Non, je pense que je devrais apprendre à préparer les omelettes aussi bien que vous, Etsuko. Il va falloir que vous me montriez, avant mon retour pour Fukuoka.

— Si vous saviez comment on fait, cela ne vous paraîtrait plus un art aussi admirable. Peut-être les femmes devraient-elles garder le secret sur ces choses. »

Il eut un rire presque intérieur et continua à me regarder en silence.

« Qu'espérez-vous avoir, Etsuko ? demanda-il enfin. Un garçon ou une fille ?

— Cela m'est vraiment égal. Si c'est un garçon, nous pourrions lui donner votre nom.

— Vraiment ? C'est une promesse ?

— Réflexion faite, je ne suis pas sûre. J'avais oublié le prénom de père. Seiji — c'est un bien vilain nom.

— Mais c'est que vous me trouvez vilain, Etsuko. Je me rappelle une classe où les élèves avaient décidé que je ressemblais à un hippopotame. Mais il ne faut pas se laisser décourager par les apparences.

« — C'est vrai. Enfin, il faudra voir ce que Jiro en pense.

— En effet.

— Mais j'aimerais que mon fils porte votre nom, père.

— Cela me ferait grand plaisir. » Il sourit et s'inclina légèrement. « Mais je sais comme il est irritant de voir les membres de la famille insister pour qu'on donne leur nom aux enfants. Je me rappelle le temps où ma femme et moi, nous nous disputions pour savoir comment appeler Jiro. Je voulais lui donner le nom d'un de mes oncles, mais ma femme n'appréciait pas cette coutume de donner aux enfants le nom d'un parent. Bien sûr, c'est elle qui a finalement imposé son point de vue. Keiko n'était pas facile à ébranler.

— Keiko, c'est un joli nom. Si c'est une fille, nous pourrions peut-être l'appeler Keiko.

— Vous ne devriez pas faire de telles promesses à la légère. Je connais un vieil homme qui sera très déçu si vous ne les tenez pas.

— Pardonnez-moi, je pensais à voix haute.

— Qui plus est, Etsuko, je suis sûr qu'il y a d'autres personnes dont vous préféreriez donner le nom à votre enfant. Des gens dont vous étiez plus proche.

— Peut-être. Mais si c'est un garçon, j'aimerais qu'il s'appelle comme vous. Vous avez été pour moi un véritable père.

— Ai-je cessé d'être pour vous un véritable père ?

— Non, bien sûr. Mais c'est autre chose.

— Jiro est un bon mari pour vous, j'espère.

— Bien sûr. Je ne pourrais pas être plus heureuse.

— Et l'enfant vous rendra heureuse.

— Certes, Il est arrivé au meilleur moment possible. Nous sommes bien installés ici, maintenant, et Jiro est content de son travail. C'est le moment idéal pour un pareil événement.

— Vous êtes donc heureuse ?

— Oui, je suis très heureuse.

— C'est bien. Je suis heureux pour vous deux.

— Voilà. Votre repas est prêt. » Je lui tendis le coffret laqué qui contenait son déjeuner.

« Ah oui, les restes. » Il prit la boîte avec une révérence théâtrale, et entrouvrit le couvercle. « Malgré tout, cela paraît délicieux. »

Lorsque je regagnai la salle de séjour, Ogata-San mettait ses chaussures dans l'entrée.

« Dites-moi, Etsuko, demanda-t-il sans quitter des yeux ses lacets. Vous l'avez rencontré, ce Shigeo Matsuda ?

— Une ou deux fois. Il nous a parfois rendu visite, après notre mariage.

— Mais il n'est pas très intime avec Jiro, en ce moment ?

— Pas vraiment. Nous échangeons des cartes de vœux, c'est tout.

— Je vais suggérer à Jiro d'écrire à son ami. Shigeo devrait s'excuser. Ou alors, il faudra que j'insiste auprès de Jiro pour qu'il rompe avec ce jeune homme.

— Je vois.

— J'ai déjà pensé à lui faire cette suggestion, lorsque nous en avons discuté au petit déjeuner. Mais c'est le genre de conversation qu'il vaut mieux garder pour le soir.

— Vous avez sûrement raison. »

Ogata-San, avant de partir, me remercia encore pour le panier-repas.

En fin de compte, le soir venu, il ne souleva pas la question. Ils semblaient tous deux fatigués à leur retour et passèrent le plus clair de la soirée à lire des journaux, sans beaucoup parler. Et Ogata-San ne mentionna qu'une fois le Dr Endo. C'était pendant le dîner, et il dit simplement : « Endo a l'air d'aller bien. Mais son travail lui manque. Après tout, c'était sa raison de vivre. »

Cette nuit-là, au lit, avant de nous endormir, je dis à Jiro : « J'espère que père ne trouve rien à redire à notre accueil.

— Que peut-il vouloir de mieux ? répondit mon mari. Pourquoi ne ferais-tu pas une sortie avec lui, si cela t'inquiète ?

— Tu travailles, samedi après-midi ?

— Est-ce que je peux faire autrement ? Je suis déjà en retard. Il a choisi le pire moment possible pour me rendre visite. C'est vraiment dommage.

— Mais nous pouvons quand même sortir dimanche, n'est-ce pas ? »

J'eus beau rester les yeux ouverts dans l'obscurité à attendre sa réponse, je ne me rappelle pas l'avoir entendue. Après une journée de travail, Jiro était souvent fatigué et n'avait pas envie de faire la conversation.

En tout cas, j'avais apparemment tort de m'inquiéter pour Ogata-San, car son séjour chez nous, cet été-là, s'avéra être l'un des plus longs. Je me souviens qu'il était encore chez nous le soir où Sachiko frappa à la porte de notre appartement.

Elle portait une robe que je ne lui avais encore jamais vue, et un châle couvrait ses épaules. Son visage était maquillé avec soin, mais une fine mèche de cheveux s'était détachée et lui pendait sur la joue.

« Excusez-moi de vous déranger, Etsuko, dit-elle en souriant. Je me demandais si par hasard Mariko était ici.

— Mariko ? Mais non.

— Ah, tant pis. Vous ne l'avez pas du tout vue ?

— Non, malheureusement. Vous l'avez perdue ?

— Il ne faut pas faire cette tête-là. » Elle rit. « Elle n'était pas à la maison quand je suis rentrée, c'est tout. Je suis sûre que je ne tarderai pas à la retrouver. »

Nous nous parlions dans l'entrée, et je m'aperçus que Jiro et Ogata-San nous regardaient. Je présentai Sachiko, et tous échangèrent des inclinations.

« C'est préoccupant, dit Ogata-San. Nous ferions peut-être mieux d'appeler tout de suite la police.

— Ce n'est pas nécessaire, protesta Sachiko. Je suis sûre que je vais la retrouver.

— Mais il serait peut-être plus sûr d'appeler, de toute façon.

— Pas du tout — il y avait dans la voix de Sachiko une légère note d'irritation —, ce n'est pas nécessaire. Je suis sûre que je vais la retrouver.

— Je vais vous aider à la chercher », dis-je en enfilant ma veste.

Mon mari me jeta un regard désapprobateur. Il sembla sur le point de parler, mais se retint. Il finit par dire : « Il fait presque noir maintenant.

— Ce n'est vraiment pas la peine de vous tracasser ainsi, Etsuko, dit Sachiko. Mais si cela ne vous ennuie pas de sortir un instant, je vous en serai très reconnaissante.

— Soyez prudente, Etsuko, recommanda Ogata-San. Et appelez la police si vous tardez à retrouver l'enfant. »

Nous descendîmes l'escalier. Dehors, il faisait encore bon, et de l'autre côté du terrain vague, le soleil, très bas, illuminait les ornières boueuses.

« Vous avez fait le tour de la cité ? demandai-je.

— Non, pas encore.

— Essayons, dans ce cas. » J'accélérai le pas. « Est-ce que Mariko a des amis avec qui elle pourrait être ?

— Je ne crois pas. Écoutez, Etsuko — Sachiko rit et posa une main sur mon bras —, il n'y a aucune raison de vous alarmer ainsi. Il ne lui est rien arrivé. En fait, Etsuko, je suis venue vous voir parce que j'avais une nouvelle à vous annoncer. Vous savez, c'est enfin réglé. Nous partons pour l'Amérique dans quelques jours.

— L'Amérique ? » Je m'arrêtai net — peut-être à cause de la main que Sachiko avait posée sur mon bras, peut-être sous le coup de la surprise.

« Oui, l'Amérique. Vous avez certainement entendu parler de ce pays ? » Elle semblait se réjouir de ma stupéfaction.

Je me remis en mouvement. Notre cité était dallée de ciment, qu'interrompaient parfois de jeunes arbres maigrichons plantés au moment de la construction des bâtiments. Au-dessus de nous, des lumières s'étaient allumées à la plupart des fenêtres.

« Vous n'allez rien me demander de plus ? » Sachiko m'avait rattrapée. « Vous n'allez pas me demander pourquoi je pars ? Et avec qui je pars ?

— Si vous désiriez ce départ, je suis contente que cela se fasse, répondis-je. Mais nous devrions peut-être d'abord retrouver votre fille.

— Etsuko, il faut que vous compreniez : je n'ai honte de rien. Je n'ai rien à cacher à personne. Je vous en prie, posez-moi toutes les questions que vous voulez : je n'ai pas honte.

— À mon avis, nous devrions peut-être commencer par retrouver votre fille. Nous pourrons en parler plus tard.

— Très bien, Etsuko. » Elle rit. « Commençons par retrouver Mariko. »

Après avoir exploré les terrains de jeux, nous fîmes le tour de chaque immeuble. Nous nous retrouvâmes bientôt au point d'où nous étions parties. J'aperçus alors deux femmes qui bavardaient près de l'entrée principale d'un immeuble.

« Peut-être que ces dames, là-bas, pourraient nous aider. »

Sachiko ne bougea pas. Elle tourna son regard vers les deux femmes, et dit enfin : « J'en doute.

— Mais peut-être qu'elles l'ont vue. Peut-être ont-elles vu votre fille. »

Sachiko continuait à les fixer. Puis elle eut un rire bref et haussa les épaules. « Très bien, dit-elle. Donnons-leur un sujet de commérages. Peu m'importe. »

Nous allâmes les trouver ; poliment, d'un ton calme, Sachiko se renseigna auprès d'elles. Les femmes échangèrent des regards préoccupés, mais elles n'avaient ni l'une ni l'autre vu la petite fille. Sachiko les assura qu'il n'y avait aucune raison de s'inquiéter, et nous les saluâmes.

« Eh bien, me dit Sachiko, elles n'ont pas perdu leur journée. Voilà qui leur fera un beau sujet de conversation.

— Je suis sûre qu'elles n'avaient aucune pensée malveillante. Elles semblaient toutes les deux sincèrement préoccupées.

— Vous êtes vraiment gentille, Etsuko, mais ne vous donnez pas de mal pour me convaincre de ce genre de choses. Vous savez, je ne me suis jamais inquiétée de ce que pensaient ce type de personnes, et je m'en soucie encore moins maintenant. »

Nous nous arrêtâmes. Je jetai un coup d'œil autour de moi, et levai les yeux vers les fenêtres. « Où peut-elle bien être ?

— Voyez-vous, Etsuko, je n'ai honte de rien. Je n'ai rien à vous cacher. Ni à vous ni à ces femmes, d'ailleurs.

— Pensez-vous que nous devrions chercher le long de la rivière ?

— La rivière ? Je suis déjà allée voir par là-bas.

— Et l'autre rive ? Elle est peut-être passée de l'autre côté.

— Je ne crois pas, Etsuko. En fait, si je connais bien ma fille, elle a dû revenir à la maison. Et elle est sans doute plutôt satisfaite d'avoir provoqué un tel remue-ménage.

— Eh bien, allons voir. »

Quand nous revînmes à la limite du terrain vague, le soleil disparaissait au-delà de la rivière, découpant les silhouettes des saules sur la rive.

« Il est inutile que vous veniez avec moi, dit Sachiko. Je finirai bien par la retrouver.

— Cela ne m'ennuie pas. Je vous accompagne.

« — Eh bien, dans ce cas, venez. »

Nous prîmes la direction de la maisonnette. Je portais des sandales, et j'eus du mal à avancer sur le sol inégal.

« Pendant combien de temps vous êtes-vous absentée ? » demandai-je. Sachiko m'avait devancée de un ou deux pas ; elle ne répondit pas tout de suite, et je me dis qu'elle ne m'avait peut-être pas entendue. « Pendant combien de temps vous êtes-vous absentée ? répétai-je.

— Oh, pas très longtemps.

— Combien de temps ? Une demi-heure ? Plus longtemps ?

— Environ trois ou quatre heures, je pense.

— Je vois. »

Nous marchions toujours sur le terrain boueux, en nous efforçant d'éviter les flaques. Aux abords de la maisonnette, je dis à Sachiko : « Nous devrions peut-être aller voir sur l'autre rive, à tout hasard.

— Dans les bois ? Ma fille n'aurait jamais été là-bas. Allons voir à la maison. Ne prenez donc pas l'air si soucieux, Etsuko. » Elle rit à nouveau, mais il me sembla qu'il y avait dans sa voix un léger tremblement.

La maisonnette n'avait pas l'électricité, et tout était sombre. J'attendis dans l'entrée pendant que Sachiko montait jusqu'au tatami. Elle appela sa fille et fit coulisser les cloisons qui séparaient la pièce principale des deux petites pièces mitoyennes. Je l'entendis bouger dans l'obscurité, puis elle revint dans l'entrée.

« Vous avez peut-être raison, dit-elle. Nous ferions mieux d'aller voir sur l'autre rive. »

Au bord de la rivière, l'air grouillait d'insectes. Nous marchions en silence vers le petit pont de bois, un peu plus loin en aval. Au-delà, sur l'autre rive, se trouvaient les bois dont Sachiko avait parlé.

Pendant que nous traversions le pont, Sachiko se tourna vers moi et parla très vite. « Finalement, nous sommes allés dans un bar. Nous devions aller au cinéma, voir un film avec Gary Cooper, mais il y avait une longue file d'attente. La ville était pleine de monde, et beaucoup de gens étaient ivres. Finalement, nous sommes allés dans un bar et ils nous ont donné une petite salle rien que pour nous.

— Je vois.

— Je suppose que vous n'allez pas dans les bars, n'est-ce pas, Etsuko ?

— Non, en effet. »

C'était la première fois que je passais de l'autre côté de la rivière. Sous mes pieds, le sol était mou et presque marécageux. Peut-être est-ce pure imagination, mais je crois que sur cette berge, je me sentis effleurée par un frisson d'angoisse, une sensation presque prémonitoire, qui me fit marcher avec une hâte redoublée vers l'ombre des arbres, au-devant de nous.

Sachiko m'arrêta en me prenant le bras. Je suivis la direction de son regard et discernai, un peu plus loin sur la berge, sur l'herbe, tout près de la rivière, une sorte de ballot, plus clair de quelques tons que le sol obscur dont il se distinguait à peine, dans la pénombre. Mon premier instinct fut de courir vers cette masse sombre ; mais je m'aperçus alors que Sachiko, sans en détacher les yeux, restait parfaitement immobile.

« Qu'est-ce que c'est ? dis-je, un peu sottement.

— C'est Mariko », répondit-elle avec calme. Lorsqu'elle se tourna vers moi, il y avait dans ses yeux un regard étrange.

III

Peut-être mon souvenir de ces événements est-il devenu flou avec le temps ; peut-être que les choses ne se sont pas passées exactement comme je me les remémore aujourd'hui. Mais je me rappelle avec une certaine netteté le sortilège troublant qui semblait nous lier toutes deux, debout dans les ténèbres qui s'épaississaient, contemplant cette forme qui gisait un peu plus loin sur la berge. Enfin, l'envoûtement fut rompu, et nous nous mîmes à courir. Arrivée un peu plus près, je vis Mariko roulée en boule, les genoux repliés, nous tournant le dos. Sachiko atteignit notre but un peu avant moi car ma grossesse me ralentissait ; elle se tenait près de l'enfant lorsque je la rejoignis. Les yeux de Mariko étaient ouverts et je crus d'abord qu'elle était morte. Mais je les vis bouger et se lever vers nous ; ils nous fixaient avec un regard étrangement vide.

Sachiko tomba sur un genou et souleva la tête de l'enfant. Le regard de Mariko était toujours fixe.

« Est-ce que ça va, Mariko-San », dis-je, un peu essoufflée.

Elle ne répondit pas. Sachiko, elle aussi, restait silencieuse, examinant sa fille, la retournant entre ses bras comme une poupée fragile et inanimée. Je remarquai une tache de sang sur la manche de Sachiko, puis je vis qu'il provenait de Mariko.

« Nous ferions mieux d'appeler quelqu'un, dis-je.

— Ce n'est pas grave, dit Sachiko. Ce n'est qu'une égratignure. Regardez, ce n'est qu'une petite coupure. »

Mariko gisait dans une flaque et sur tout un côté, sa robe courte était imbibée d'eau noirâtre. Le sang coulait d'une blessure sur la face interne de sa cuisse.

« Que s'est-il passé ? demanda Sachiko à sa fille. Qu'est-ce qui t'est arrivé ? »

Mariko continuait à regarder sa mère.

« Elle est sans doute commotionnée, dis-je. Il vaut peut-être mieux ne pas lui poser de questions tout de suite. »

Sachiko aida Mariko à se relever.

« Nous nous sommes fait beaucoup de souci pour toi, Mariko-San », dis-je. La petite fille me jeta un regard soupçonneux, puis se détourna et se mit à marcher. Son pas était tout à fait assuré ; la plaie qu'elle portait à la jambe ne semblait pas trop la gêner.

Nous reprîmes notre route, passant à nouveau le pont puis longeant la rivière. Elles marchaient toutes deux devant moi sans parler. La nuit était complètement tombée lorsque nous arrivâmes à la maisonnette.

Sachiko emmena Mariko à la salle de bain. J'allumai le réchaud au milieu de la pièce principale pour faire du thé. À part la lueur du réchaud, la seule lumière provenait d'une vieille lanterne suspendue que Sachiko avait allumée, et la pièce restait en grande partie plongée dans l'ombre. Dans un coin, de minuscules chatons noirs réveillés par notre arrivée se mirent à s'agiter fiévreusement. On entendait le trottinement de leurs petites pattes dont les griffes s'accrochaient au tatami.

Lorsqu'elles apparurent à nouveau, la mère et la fille avaient toutes deux revêtu des kimonos. Elles gagnèrent une des petites pièces mitoyennes et j'attendis encore un moment. La voix de Sachiko me parvenait à travers la paroi.

Sachiko sortit enfin, seule. « Il fait encore très chaud », constata-t-elle. Elle traversa la pièce et fit coulisser les cloisons qui donnaient sur la véranda.

« Comment va-t-elle ? demandai-je.

— Ça va. Sa coupure est sans gravité. » Sachiko s'assit près des cloisons, par où soufflait la brise.

« Allons-nous signaler cette histoire à la police ?

— La police ? Mais qu'y a-t-il à signaler ? Mariko dit qu'elle est tombée en grimpant à un arbre. C'est comme ça qu'elle s'est coupée.

— Elle n'était donc avec personne ce soir ?

— Non. Avec qui aurait-elle pu être ?

— Et cette femme ? insistai-je.

— Quelle femme ?

— La femme dont Mariko parle. Vous êtes toujours sûre qu'elle est imaginaire ? »

Sachiko soupira. « Je suppose qu'elle n'est pas entièrement imaginaire. Mais c'est une personne que Mariko n'a vue qu'une fois. Une seule fois, quand elle était bien plus petite.

— Mais d'après vous, n'aurait-elle pas pu être ici ce soir, cette femme ? »

Sachiko rit. « Non. Etsuko, c'est tout à fait impossible. De toute façon, cette femme est morte. Croyez-moi, Etsuko, cette histoire de femme, ce n'est qu'un petit jeu auquel Mariko aime jouer quand elle a envie de se montrer difficile. J'ai fini par m'habituer à ces jeux qu'elle affectionne.

— Mais pourquoi raconterait-elle des histoires pareilles ?

— Pourquoi ? » Sachiko haussa les épaules. « C'est le genre de choses que les enfants aiment faire. Quand vous aurez vous-même un enfant, Etsuko, il va falloir vous habituer à ce genre de choses.

— Vous êtes sûre qu'il n'y avait personne avec elle ce soir ?

— Absolument sûre. C'est ma fille, je la connais suffisamment. »

Pendant un moment, nous gardâmes le silence. Des moustiques bourdonnaient dans l'air autour de nous. Sachiko bâilla en mettant sa main devant sa bouche.

« Ainsi, Etsuko, reprit-elle, je vais bientôt quitter le Japon. Vous ne semblez guère impressionnée.

— Mais si, bien sûr. Et je suis très contente, puisque c'est ce que vous désiriez. Mais n'allez-vous pas rencontrer... certaines difficultés ?

— Des difficultés ?

— Oui, pour vous installer dans un pays étranger, où l'on parle une autre langue, où les mœurs sont différentes ?

— Je comprends que cela vous inquiète, Etsuko. Mais je crois vraiment que je n'ai pas de souci à me faire. Vous savez, j'ai tellement entendu parler des États-Unis que ce n'est plus tout à fait comme un pays étranger. Quant à la langue, je la parle déjà, dans une certaine mesure. Frank-San et moi, nous parlons toujours anglais. Dès que j'aurai passé quelque temps aux États-Unis, je devrais le parler comme une Américaine. Je ne pense vraiment pas avoir la moindre raison de m'inquiéter. Je sais que je me débrouillerai. »

J'inclinai légèrement la tête, sans rien dire. Deux des chatons s'aventurèrent vers l'endroit où Sachiko était assise. Elle les observa pendant un moment, puis poussa un bref éclat de rire. « Bien sûr, continua-t-elle, il m'arrive parfois de me demander comment tout cela va se passer. Mais vraiment — elle me sourit — je sais que je me débrouillerai.

— En fait, c'est à Mariko que je pensais. Que va-t-elle devenir ?

— Mariko ? Elle s'en tirera bien. Vous savez comment sont les enfants. C'est beaucoup plus facile pour eux de s'adapter à un cadre nouveau, n'est-ce pas ?

— Mais ce serait quand même pour elle un énorme changement. Y est-elle prête ? »

Sachiko soupira impatiemment. « Sérieusement, Etsuko, croyez-vous que je n'ai pas réfléchi à tout cela ? Croyez-vous que j'aurais décidé de quitter le pays sans me préoccuper du bonheur de ma fille ?

— Naturellement, dis-je, vous ne pouviez que vous en préoccuper.

— Le bonheur de ma fille a pour moi une très grande importance, Etsuko. Je ne prendrais en aucun cas une décision qui compromettrait son avenir. J'ai réfléchi à toute cette question avec le plus grand soin, et j'en ai parlé avec Frank. Je vous assure que tout ira bien pour Mariko. Il n'y aura pas de problème.

— Et son éducation, qu'en adviendra-t-il ? »

Sachiko rit à nouveau. « Etsuko, je ne pars pas pour la jungle. Les écoles, en Amérique, cela existe. Et vous devez comprendre que ma fille est une enfant d'une grande vivacité d'esprit. Son père était un homme remarquable, et il y avait également du côté de ma famille des personnes de très haut rang. Il ne faut pas croire, Etsuko, parce que vous ne l'avez vue que dans... dans la situation actuelle, que c'est une petite paysanne.

— Mais bien entendu. Il ne me serait pas venu un instant...

— C'est une enfant très intelligente. Vous ne l'avez pas vue telle qu'elle est vraiment, Etsuko. Dans une situation comme celle-ci, il est normal qu'un enfant ne se montre pas toujours très à son aise. Mais si vous l'aviez vue lorsque nous étions chez mon oncle, vous auriez pu apprécier ses véritables qualités. Si un adulte lui adressait la parole, elle répondait clairement, intelligemment, sans pouffer de rire ni jouer les timides comme tant d'autres enfants. Et elle ne s'amusait certes pas à inventer toutes ces petites histoires. Elle allait à l'école et se liait d'amitié avec les enfants les plus recommandables. Nous avions un précepteur pour elle, et il la louait hautement. C'était étonnant, comme elle s'était vite mise à rattraper son retard.

— Son retard ?

— C'est-à-dire que... — Sachiko haussa les épaules — malheureusement, la scolarité de Mariko a subi quelques interruptions. À cause de tous nos déménagements, et pour certaines autres raisons. Mais nous avons traversé là une période difficile, Etsuko. S'il n'y avait pas eu la guerre, si mon mari était encore vivant, Mariko aurait pu avoir le genre d'éducation qui convient à une famille de notre condition.

— Oui, dis-je. Bien sûr. »

Peut-être Sachiko perçut-elle dans ma voix une intonation particulière ; elle leva les yeux et me regarda en face, et lorsqu'elle parla à nouveau, ce fut avec une tension accrue.

« Je n'étais pas obligée de partir de Tokyo, Etsuko, dit-elle. Mais je l'ai fait, pour Mariko. J'ai fait tout ce chemin pour m'installer chez mon oncle, parce que je pensais que cela vaudrait mieux pour ma fille. Je n'étais pas forcée de faire cela, je n'étais pas du tout obligée de quitter Tokyo. »

Je m'inclinai. Sachiko me regarda pendant un moment, puis se tourna et plongea les yeux dans l'obscurité de la nuit, par l'ouverture des cloisons.

« Mais vous avez maintenant quitté votre oncle. Et vous allez bientôt quitter le Japon. »

Sachiko me jeta un regard furieux. « Pourquoi me parlez-vous ainsi, Etsuko ? Pourquoi ne pouvez-vous me vouloir du bien ? Est-ce que vous seriez tout simplement jalouse ?

— Mais si, je vous veux du bien. Et je vous assure que…

— Mariko sera heureuse en Amérique, pourquoi refusez-vous de le croire ? Pour un enfant, c'est un meilleur pays où grandir. Et elle aura beaucoup plus de possibilités là-bas ; en Amérique, la vie est bien meilleure pour les femmes.

— Je vous assure que je suis contente pour vous. Quant à moi, rien ne pourrait me rendre plus heureuse que ma situation actuelle. Le travail de Jiro va tellement bien, et voilà que l'enfant arrive juste au moment où nous le désirions…

— Elle pourrait devenir femme d'affaires, ou même actrice de cinéma. L'Amérique, c'est comme ça, Etsuko : il y a tant de possibilités. Frank dit que moi aussi, je pourrais devenir femme d'affaires. Ces choses-là sont possibles, là-bas.

— Bien sûr, j'en suis convaincue. Mais personnellement, je suis très contente de ma vie là où je suis. »

Sachiko observait les deux petits chatons qui griffaient le tatami à ses pieds. Pendant un long moment, nous restâmes silencieuses.

« Il faut que je rentre, dis-je enfin. Ils vont se faire du souci pour moi. » Je me mis debout, mais Sachiko ne détacha pas ses yeux des chatons. « Quand partez-vous ? demandai-je.

— Dans quelques jours. Frank viendra nous chercher avec sa voiture. Nous devrions embarquer avant la fin de la semaine.

— Si je comprends bien, vous n'en avez plus pour très longtemps à aider Mme Fujiwara. »

Sachiko leva les yeux vers moi et éclata d'un rire bref et incrédule. « Etsuko, je vais partir pour l'Amérique. Je n'ai plus besoin de travailler chez une marchande de nouilles.

— Je vois.

— D'ailleurs, Etsuko, peut-être voudrez-vous bien dire à Mme Fujiwara ce qui m'arrive. Je ne pense pas avoir l'occasion de la revoir.

— Vous ne voulez pas le lui annoncer vous-même ? »

Elle soupira impatiemment. « Etsuko, ne pouvez-vous pas comprendre qu'il était odieux pour quelqu'un comme moi d'aller tous les jours travailler chez une marchande de nouilles ? Je ne me suis pas plainte, j'ai fait ce qu'on me demandait de faire. Mais maintenant que c'est fini, je n'éprouve guère le désir de revoir cet endroit. » Un chaton avait planté ses griffes dans la manche du kimono de Sachiko. Elle lui assena un coup sec du revers de la main, et le petit animal repartit en trottinant sur le tatami. « Transmettez donc mes respects à Mme Fujiwara, reprit-elle. Et mes meilleurs vœux pour son commerce.

— Entendu. Et maintenant excusez-moi, je dois partir. »

Cette fois, Sachiko se leva et m'accompagna jusqu'à l'entrée.

« Je viendrai vous dire au revoir avant notre départ », me dit-elle pendant que je remettais mes sandales.

Au début, ce rêve m'avait paru parfaitement innocent ; j'avais simplement rêvé de quelque chose que j'avais vu le jour d'avant — cette petite fille que nous avions regardée jouer au jardin public. Puis le rêve revint la nuit suivante. À vrai dire, dans les quelques mois qui viennent de s'écouler, il m'est revenu plusieurs fois.

Niki et moi, nous avions regardé la fillette jouer sur la balançoire l'après-midi où nous avions marché jusqu'au village. C'était le troisième jour du séjour de Niki et la pluie s'était réduite à une bruine. Je n'étais pas sortie de la maison depuis plusieurs jours et j'eus plaisir à sentir la fraîcheur de l'air quand nous prîmes le chemin sinueux.

Niki marchait assez vite ; ses bottes étroites, en cuir, craquaient à chaque enjambée. Je n'avais pas de mal à tenir son rythme, mais j'aurais préféré une allure plus tranquille. Niki découvrira un jour, peut-être, qu'on peut marcher pour le plaisir de marcher. Elle ne semble pas non plus apprécier l'ambiance de la campagne, bien qu'elle y ait grandi. Je lui en fis la remarque chemin faisant, et elle rétorqua que ce n'était pas la vraie campagne, mais une version résidentielle à l'usage des riches habitants de cette région. J'imagine qu'elle a raison ; je n'ai jamais poussé jusqu'aux provinces agricoles du nord de l'Angleterre où, selon Niki, je découvrirais la véritable campagne. Ces chemins ont cependant un calme, une tranquillité, que j'en suis venue à goûter, au fil des années.

Lorsque nous fûmes arrivées au village, j'emmenai Niki au salon de thé où je vais parfois. C'est un petit village, avec deux ou trois hôtels et quelques boutiques ; le salon de thé est au coin d'une rue, en étage au-dessus d'une boulangerie. Cet après-midi-là, nous nous sommes assises à une table près des fenêtres, et c'est de là que nous avons regardé la petite fille qui jouait dans le jardin public. Nous l'avons vue grimper sur une balançoire ; elle appela deux femmes assises tout près de là, sur un banc. C'était une enfant rieuse, vêtue d'un imperméable vert et chaussée de petites bottes en caoutchouc.

« Bientôt, peut-être, tu vas te marier et avoir des enfants, dis-je. Les petits enfants me manquent.

— C'est la chose au monde qui me tente le moins, répondit Niki.

— Enfin, peut-être que tu es encore trop jeune.

— Ça n'a rien à voir avec mon âge. Je n'ai vraiment pas envie d'être entourée d'un tas de gamins braillards, c'est tout.

— Ne t'inquiète pas, Niki. » Je ris. « Je n'exige pas que tu aies des enfants tout de suite. Il m'a pris une envie passagère d'être grand-mère, voilà tout. Je pensais que tu me rendrais peut-être ce service, mais ça peut attendre. »

Assise sur le siège de la balançoire, la petite fille tirait de toutes ses forces sur les chaînes, sans arriver pourtant à monter plus haut. Souriant malgré tout, elle appela à nouveau les deux femmes.

« Une de mes amies vient d'avoir un bébé, reprit Niki. Elle est vraiment ravie. Je n'arrive pas à comprendre pourquoi. Cette affreuse chose hurlante qu'elle a produite...

— En tout cas, elle est heureuse. Quel âge a ton amie ?

— Dix-neuf ans.

— Dix-neuf ans ? Elle est encore plus jeune que toi. Elle est mariée ?

— Non. Quelle différence est-ce que ça fait ?

— Mais ce n'est pas possible, elle ne peut pas être heureuse.

— Pourquoi pas ? Sous prétexte qu'elle n'est pas mariée ?

— Il y a cet aspect-là. Et puis, elle n'a que dix-neuf ans. Je ne peux pas croire qu'elle s'est réjouie de cette naissance.

— Quelle différence cela fait-il qu'elle soit mariée ou pas ? Elle l'a désiré, elle l'a décidé, c'est tout.

— C'est ce qu'elle t'a dit ?

— Mais je la connais, maman, c'est une amie à moi. Je sais qu'elle l'a désiré. »

Les femmes assises sur le banc se levèrent. L'une d'elles appela la petite fille. Elle descendit de la balançoire et courut vers les deux femmes.

« Et le père ? demandai-je.

— Il est content, lui aussi. Je me rappelle le jour où ils ont appris la nouvelle. Nous sommes tous sortis pour fêter ça.

— Mais les gens font toujours semblant d'être ravis. C'est comme ce film que nous avons vu à la télévision hier soir.

— Quel film ?

— Je suppose que tu ne l'as pas regardé. Tu lisais ton magazine.

— Ah oui, celui-là. Ça avait l'air horrible.

— Oui, bien sûr. Mais c'est ce que je veux dire. Je suis sûre que personne n'a jamais réagi à la nouvelle d'une naissance comme les personnages de ce film.

— Franchement, maman, je ne comprends pas comment tu peux regarder des âneries pareilles. Autrefois, tu ne regardais presque pas la télévision. Je me rappelle que tu me grondais toujours parce que je la regardais trop. »

Je ris. « Tu vois, Niki, nos rôles s'inversent. Je suis sûre que tu me fais beaucoup de bien. Il faut que tu m'empêches de perdre mon temps de cette façon. »

En quittant le salon de thé, nous vîmes que le ciel s'était chargé de nuages menaçants ; la bruine tombait plus dru. Nous avions dépassé de peu la petite gare de chemin de fer quand nous entendîmes un appel derrière nous : « Mrs. Sheringham ! Mrs. Sheringham ! »

Je me retournai et vis une petite femme en manteau d'hiver qui se hâtait sur la route.

« Il me semblait bien que c'était vous, dit-elle en nous rejoignant. Et comment donc allez-vous ? » Elle m'adressa un sourire radieux.

« Bonjour, Mrs. Waters, répondis-je. Quel plaisir de vous revoir.

— On dirait que ça tourne de nouveau au vilain, n'est-ce pas ? Tiens, bonjour, Keiko — elle toucha la manche de Niki —, je ne vous avais pas reconnue.

— Non, dis-je précipitamment, c'est Niki.

— Mais bien sûr, c'est Niki. Mon Dieu, vous voilà tout à fait grande. C'est ce qui m'a embrouillée. Vous voilà tout à fait grande. »

Niki se remit du choc : « Bonjour, Mrs. Waters. »

Mrs. Waters habite près de chez moi. Ces temps-ci, je la vois de façon très irrégulière, mais il y a plusieurs années, elle a enseigné le piano à mes deux filles. Keiko a été son élève pendant quelques années, puis elle a donné des cours à Niki, encore petite, pendant un ou deux ans. Il ne m'avait pas fallu longtemps pour m'apercevoir que Mrs. Waters avait des talents de pianiste très limités ; de plus, son attitude vis-à-vis de la musique en général m'irritait souvent. Par exemple, des œuvres de Chopin ou de Tchaïkovski devenaient dans sa bouche, au même titre, « de charmantes mélodies ». Mais c'était une femme si chaleureuse que je n'avais jamais eu le cœur de la remplacer.

« Et que devenez-vous en ce moment, ma jolie ? demanda-t-elle à Niki.

— Moi ? Oh, je vis à Londres.

— Ah bon ? Et que faites-vous là-bas ? Des études ?

— Je ne fais rien de spécial. Je vis là-bas, c'est tout.

— Ah oui, je vois. Mais vous y êtes heureuse, au moins ? C'est ce qui compte le plus.

— Oui, ça va.

— Bien, c'est ce qui compte le plus, n'est-ce pas. Et Keiko ? » Mrs. Waters se tourna vers moi. « Que devient Keiko, ces temps-ci ?

— Keiko ? Elle est partie vivre à Manchester.

— Ah oui ? C'est une ville plutôt agréable, l'un dans l'autre. Du moins, c'est ce que j'ai entendu dire. Et elle se plaît là-haut ?

— Il y a un moment que je n'ai pas eu de ses nouvelles.

— Ah oui. Enfin, pas de nouvelles, bonnes nouvelles, à ce qu'on dit. Et Keiko joue-t-elle toujours du piano ?

— Je suppose. Il y a un moment que je n'ai pas eu de nouvelles. »

Elle parut enfin s'apercevoir de ma réticence, et abandonna le sujet avec un rire gêné. Elle avait manifesté la même obstination à chacune de nos rencontres, au long des années qui s'étaient écoulées depuis le départ de Keiko. Rien ne semblait lui avoir fait une impression durable, ni le peu d'enthousiasme que je montrais à parler de Keiko ni mon incapacité, jusqu'à ce jour, à lui préciser ne serait-ce que l'endroit où se trouvait ma fille. Très probablement, Mrs. Waters continuera à me demander avec entrain des nouvelles de ma fille à chacune de nos rencontres.

Lorsque nous arrivâmes à la maison, il pleuvait à verse.

« J'ai dû te mettre mal à l'aise, n'est-ce pas ? » me dit Niki. Nous étions de nouveau assises dans nos fauteuils, à regarder le jardin.

« Qu'est-ce qui te fait penser ça ? demandai-je.

— J'aurais dû lui dire que j'avais l'intention d'aller à l'université, ou quelque chose dans ce goût-là.

— Tu peux dire absolument tout ce que tu veux sur ton propre compte. Je n'ai pas honte de toi.

— Non, bien sûr.

— Mais il est vrai que je t'ai trouvée un peu brusque avec elle. Cette femme ne t'a jamais beaucoup plu, n'est-ce pas ?

— Mrs. Waters ? Tu sais, je détestais les cours qu'elle me donnait. C'était de l'ennui intégral. Je partais dans mes rêves, et puis de temps en temps, j'entendais cette petite voix qui me disait de mettre mon doigt à tel ou tel endroit. C'est toi qui as eu l'idée de me faire prendre des leçons de piano ?

— Oui, c'était plutôt une idée à moi. Tu comprends, il fut un temps où je faisais de grands projets pour toi. »

Niki rit. « Je suis navrée d'être aussi ratée. Mais c'est ta faute. Je n'ai pas le moindre sens musical. Il y a une fille, dans notre immeuble, qui joue de la guitare, et elle a essayé de me montrer des accords, mais même ceux-là, je n'ai pas pu me donner la peine de les apprendre. Je crois que Mrs. Waters m'a définitivement dégoûtée de la musique.

— Peut-être que tu y reviendras un jour, et tu seras contente d'avoir pris des cours.

— Mais j'ai oublié tout ce que j'avais appris.

— Ça m'étonnerait que tu aies tout oublié. Les choses qu'on apprend à cet âge-là, on ne les perd jamais tout à fait.

— En tout cas, c'était du temps perdu », marmonna Niki. Pendant un moment, elle resta silencieuse, à regarder par les fenêtres. Puis elle se tourna vers moi et dit : « J'imagine que ça ne doit pas être facile d'en parler aux gens. De Keiko, je veux dire.

— Ça m'a paru plus simple de dire ce que j'ai dit, répondis-je. Elle m'a prise un peu au dépourvu.

— Oui, évidemment. » Niki regardait toujours par la fenêtre, le regard vide. « Keiko n'est pas venue à l'enterrement de papa, n'est-ce pas ? dit-elle enfin.

— Tu sais parfaitement qu'elle n'y est pas venue, alors pourquoi poses-tu la question ?

— Je disais ça comme ça.

— Tu veux dire que tu n'es pas venue à son enterrement parce qu'elle n'était pas venue à celui de ton père ? Ne sois pas aussi puérile, Niki.

— Ça n'a rien de puéril. Je constate simplement que ça se passait comme ça. Elle n'a jamais fait partie de nos vies — en tout cas, ni de la mienne ni de celle de papa. Je ne m'attendais pas à ce qu'elle vienne à l'enterrement de papa. »

Je ne répondis pas et nous restâmes assises en silence dans nos fauteuils. Puis Niki parla à nouveau :

« C'était bizarre, tout à l'heure, avec Mrs. Waters. On aurait presque dit que ça t'amusait.

— Que quoi m'amusait ?

— De faire croire que Keiko était encore en vie.

— Ça ne m'amuse pas de tromper les gens. » J'eus peut-être un ton un peu sec, car Niki parut déconcertée :

« Non, bien sûr », dit-elle gauchement.

Il plut toute la nuit, et le lendemain — quatrième jour du séjour de Niki — il pleuvait toujours à verse.

« Est-ce que ça t'ennuie si je change de chambre ce soir ? demanda Niki. Je pourrais prendre la chambre d'amis. » Nous étions dans la cuisine, occupées à faire la vaisselle du petit déjeuner.

« La chambre d'amis ? » J'eus un petit rire. « Il n'y a plus que des chambres d'amis. Non, je ne vois pas pourquoi tu ne dormirais pas dans la chambre d'amis. Tu as pris ton ancienne chambre en grippe ?

— Ça me fait un drôle d'effet d'y dormir.

— Ce n'est pas très gentil, Niki. J'espérais qu'à tes yeux, ce serait toujours ta chambre.

— Mais oui, dit-elle précipitamment. Ce n'est pas que je ne l'aime pas. » Elle se tut, essuyant des couteaux avec une serviette à thé. Puis elle finit par dire : « C'est à cause de l'autre chambre. Sa chambre. Ça me donne une drôle d'impression, d'avoir cette chambre juste en face. »

Je m'immobilisai et la regardai d'un œil sévère.

« Je n'y peux rien, maman. J'ai une sensation bizarre quand je pense à cette chambre qui est juste en face.

— Très bien, prends la chambre d'amis, dis-je avec froideur. Mais il faudra que tu fasses le lit. »

J'avais tenu à montrer à Niki que sa demande me choquait, mais je ne souhaitais pourtant pas l'empêcher de changer de chambre. J'avais moi aussi ressenti un certain trouble en pensant à la chambre d'en face. Par bien des aspects, c'est la chambre la plus agréable de la maison, avec sa vue splendide sur le verger. Mais cette pièce est restée si longtemps le territoire réservé de Keiko, le domaine qu'elle défendait avec fanatisme, que maintenant encore, six ans après son départ, il semble y peser comme un envoûtement, devenu d'autant plus fort à présent qu'elle est morte.

Pendant les deux ou trois années qui précédèrent son départ, Keiko s'était retirée dans sa chambre, nous excluant de sa vie. Elle en sortait rarement, mais je l'entendais parfois bouger dans la maison lorsque nous étions tous couchés. Je supposais qu'elle passait son temps à lire des magazines et à écouter la radio. Elle n'avait pas d'amis, et quant à nous, il nous était interdit d'entrer dans sa chambre. À l'heure des repas, je laissais son assiette dans la cuisine et elle descendait la chercher, puis s'enfermait à nouveau. La chambre, je le savais, était dans un état épouvantable. Il en sortait une odeur de parfum rance et de linge sale, et lorsqu'il m'était arrivé de jeter un coup d'œil à l'intérieur, j'avais aperçu d'innombrables magazines féminins éparpillés sur le sol au milieu de tas de vêtements. Il avait fallu que je la supplie de me donner son linge à laver, et sur ce point, du moins, nous étions parvenues à un accord ; toutes les quelques semaines, je trouvais devant sa porte un sac de linge que je lavais, puis déposais au même endroit. À la longue, nous finîmes par nous habituer à sa façon de vivre, et quand, sous le coup d'on ne sait quelle impulsion, Keiko s'aventurait dans notre salon, nous ressentions tous une grande tension. Ces expéditions se terminaient invariablement par une dispute, soit avec Niki soit avec mon mari, et elle se retrouvait dans sa chambre.

Je n'ai jamais vu la chambre de Keiko à Manchester, la chambre où elle est morte. De telles pensées peuvent sembler morbides chez une

mère, mais lorsque j'ai appris son suicide, la première chose qui m'est venue à l'esprit — avant
même d'accuser le choc —, ce fut de me demander combien de temps elle était restée dans cet
état avant qu'ils la découvrent. Lorsqu'elle vivait
dans sa propre famille, des jours entiers s'écou-
laient sans que personne ne la voie ; elle ne risquait guère d'être découverte rapidement dans
une ville qui n'était pas la sienne et où personne
ne la connaissait. Plus tard, le *coroner* chargé de
l'enquête sur sa mort déclara qu'elle était restée là
« plusieurs jours ». C'était la propriétaire qui
avait ouvert la porte, pensant que Keiko était
partie sans payer son loyer.

Il m'est arrivé d'évoquer sans relâche cette
image : ma fille, pendue dans sa chambre pendant des jours et des jours. L'horreur de cette vision n'a jamais diminué, mais elle a depuis
longtemps perdu tout caractère morbide : de
même qu'avec une blessure physique, il est possible de parvenir à une intimité avec les pensées les
plus troublantes.

« De toute façon, j'aurai certainement plus
chaud dans la chambre d'amis, dit Niki.

— Si tu as froid la nuit, Niki, tu n'as qu'à
monter le chauffage.

— Oui, évidemment. » Elle soupira. « Je ne
dors pas très bien en ce moment. Je crois que je

fais de mauvais rêves, mais je n'arrive jamais à me les rappeler clairement quand je me réveille.

— J'ai fait un rêve la nuit dernière, dis-je.

— Je crois que ça a quelque chose à voir avec le calme. Je n'ai pas l'habitude d'un silence pareil, la nuit.

— J'ai rêvé de la petite fille. Celle que nous avons regardée hier. La petite fille du jardin public.

— Je peux dormir quand il y a de la circulation, mais j'avais oublié ce que c'était, de dormir dans le silence. » Niki haussa les épaules et lâcha quelques couverts dans le tiroir. « Peut-être que je dormirai mieux dans la chambre d'amis. »

J'ai donc parlé de mon rêve à Niki alors que je venais de le faire pour la première fois, et cela indique peut-être que déjà, je doutais de son innocence. Je dois avoir pressenti dès le début — sans savoir vraiment pourquoi — que le rêve avait moins de rapports avec la petite fille que nous avions regardée qu'avec le souvenir de Sachiko, qui m'était revenu deux jours auparavant.

IV

Un après-midi, j'étais à la cuisine où je préparais le dîner avant que mon mari ne rentre du travail, lorsque j'entendis un bruit étrange qui provenait de la salle de séjour. Je m'interrompis pour mieux écouter. Le son mystérieux se fit à nouveau entendre : quelqu'un jouait du violon, et en jouait très mal. Les bruits continuèrent pendant un moment, puis cessèrent.

Lorsque j'allai enfin dans la salle de séjour, j'y trouvai Ogata-San penché sur un échiquier. Le soleil de la fin d'après-midi entrait à flots. Comme, malgré les ventilateurs électriques, une certaine humidité imprégnait tout l'appartement, j'ouvris les fenêtres un peu plus largement.

« Vous n'avez pas fini votre partie, hier soir ? lui demandai-je en m'approchant.

— Non ; Jiro a prétendu qu'il était trop fatigué. À mon avis, c'était une ruse. Comme vous voyez, je l'ai bien coincé, là.

— En effet.

— Il profite de ce que ma mémoire est vraiment brouillée en ce moment. Mais je suis en train de revoir toute ma stratégie.

— Comme vous êtes astucieux, père. Mais je me demande si l'esprit de Jiro fonctionne de façon aussi ingénieuse.

— Vous avez peut-être raison. Vous le connaissez certainement mieux que moi, maintenant. » Ogata-San continua à examiner l'échiquier pendant plusieurs minutes, puis il leva les yeux et éclata de rire. « Cela doit vous sembler comique. Jiro qui se dépense dans son bureau, et moi, je prépare une partie d'échecs en prévision de son retour. J'ai l'impression d'être un petit garçon qui attend son père.

— À vrai dire, je préfère que les échecs soient votre passe-temps. Votre séance musicale, tout à l'heure, était épouvantable.

— Quel manque de respect. Et moi qui espérais vous émouvoir, Etsuko. »

Le violon était posé par terre, tout près de nous ; il avait été remis dans son étui. Ogata-San me regarda ouvrir l'étui.

« Je l'ai remarqué là-haut, sur l'étagère, dit-il. Je me suis permis de le prendre. Ne prenez pas l'air si soucieuse Etsuko. Je l'ai traité avec la plus grande délicatesse.

— Je ne peux pas en être sûre. Vous avez raison : père est comme un enfant en ce moment. » Je levai le violon pour mieux l'examiner. « Sauf que les petits enfants n'atteignent pas l'étagère d'en haut. »

Je serrai l'instrument sous mon menton. Ogata-San m'observait toujours.

« Jouez-moi quelque chose, dit-il. Je suis sûr que vous vous en tirerez mieux que moi.

— J'en suis sûre, moi aussi. » À nouveau, je tins le violon devant moi, à bout de bras. « Mais il y a si longtemps…

— Vous voulez dire que vous ne vous exercez plus ? Quel dommage, Etsuko. Vous aviez une telle passion pour cet instrument, autrefois.

— Oui, sans doute. Mais maintenant, je n'y touche presque plus jamais.

— C'est vraiment regrettable, Etsuko. Vous qui étiez si passionnée. Je me souviens quand vous vous mettiez à jouer en pleine nuit, en réveillant toute la maisonnée.

— Réveiller toute la maisonnée ? Quand donc ai-je fait une chose pareille ?

— Si, si, je me rappelle. La première fois que vous avez vécu chez nous. » Ogata-San rit. « N'ayez pas l'air si ennuyée, Etsuko. Nous vous avons tous pardonné. Voyons, quel était donc le compositeur que vous admiriez tant, à l'époque ? Mendelssohn, peut-être ?

— C'est vrai ? J'avais réveillé toute la maisonnée ?

— N'ayez pas l'air si ennuyée, Etsuko. C'était il y a des années. Jouez-moi un morceau de Mendelssohn.

— Mais pourquoi ne m'aviez-vous pas demandé de m'arrêter ?

— Vous ne l'avez fait que pendant quelques nuits, au début de votre séjour. De plus, cela ne nous gênait absolument pas. »

Je grattai légèrement les cordes. Le violon était désaccordé.

« J'ai dû être une lourde charge pour vous, en ce temps-là, dis-je doucement.

— Fariboles !

— Mais le reste de la famille. Ils devaient me croire folle.

— Ils ne devaient pas penser trop de mal de vous. Après tout, ça a quand même fini par votre mariage avec Jiro. Allons, Etsuko, assez de bêtises. Jouez-moi quelque chose.

— Comment étais-je, à l'époque, père ? Est-ce que j'avais l'air folle ?

— Vous étiez très ébranlée, ce qui n'a rien d'étonnant. Nous étions tous sous le choc, ceux d'entre nous qui étaient encore là. Oublions tout cela, Etsuko. Je regrette d'avoir fait allusion à cette période. »

Je plaçai à nouveau le violon sous mon menton.

« Ah, dit-il, Mendelssohn. »

Je restai plusieurs secondes dans cette position, le violon coincé sous le menton. Puis je le posai sur mes genoux en soupirant. « Je n'en joue presque plus maintenant, dis-je.

— Excusez-moi, Etsuko. » Ogata-San avait pris un ton solennel. « J'aurais peut-être mieux fait de ne pas y toucher. »

Je levai les yeux vers lui avec un sourire. « Alors, voilà que le petit garçon se sent coupable ?

— C'est que je l'ai vu là-haut, et ça m'a rappelé cette époque.

— J'en jouerai pour vous une autre fois. Une fois que je me serai un peu exercée. »

Il me fit un petit salut, s'inclinant légèrement, et ses yeux furent à nouveau souriants.

« Je me souviendrai de votre promesse, Etsuko. Et vous pourrez peut-être me donner quelques leçons.

— Je ne peux pas tout vous enseigner, père. Vous m'avez dit que vous vouliez apprendre à faire la cuisine.

— Ah oui. C'est vrai.

— Je jouerai pour vous la prochaine fois que vous nous rendrez visite.

— Je me souviendrai de votre promesse », dit-il.

Ce soir-là, après le dîner, Jiro et son père reprirent leur partie d'échecs. Je débarrassai la table, puis je m'assis avec un ouvrage de couture. À un moment de la partie, Ogata-San dit :

« Je viens de remarquer quelque chose. Si cela ne t'ennuie pas, je voudrais rejouer ce coup.

— Bien sûr, acquiesça Jiro.

— Mais ce n'est pas très juste à ton égard. D'autant plus que pour l'instant, je semble avoir le dessus sur toi.

— Mais non, pas du tout. Je t'en prie, rejoue ce coup.

— Cela ne t'ennuie pas ?

— Pas du tout. »

Ils continuèrent à jouer en silence.

« Jiro, dit Ogata-San au bout de quelques minutes, je viens de repenser à quelque chose. As-tu écrit cette lettre ? À Shigeo Matsuda ? »

Je levai les yeux de mon ouvrage. Jiro semblait absorbé dans son jeu et ne répondit pas avant d'avoir déplacé sa pièce. « Shigeo ? Eh bien non, pas encore. J'en avais l'intention. Mais j'ai eu tant à faire, ces jours-ci…

— Bien sûr. Je comprends très bien. Je me posais simplement la question, c'est tout.

— Il semble que je n'ai pas eu beaucoup de temps libre, dernièrement.

— Naturellement. Ce n'est pas pressé. Je n'ai pas l'intention de te harceler sans arrêt avec cette affaire. Mais il serait peut-être préférable qu'il ait de tes nouvelles assez rapidement. Il y a maintenant quelques semaines que son article est paru.

— Oui, certainement. Tu as tout à fait raison. »

Ils se remirent à jouer. Pendant un certain temps, ils ne parlèrent ni l'un ni l'autre. Puis Ogata-San reprit :

« À ton avis, comment va-il réagir ?

— Shigeo ? Je n'en sais rien. Comme je te l'ai dit, je ne suis pas très au courant de ce qu'il devient.

— Tu dis qu'il a adhéré au Parti communiste ?

— Je n'en suis pas sûr. Tout ce que je peux dire, c'est qu'il défendait ce genre de point de vue la dernière fois que je l'ai rencontré.

— Quel dommage. Mais il y a de nos jours au Japon tant de choses propres à ébranler un jeune homme.

— Oui, à coup sûr.

— Tant de jeunes gens, ces temps-ci, se laissent entraîner par des idées et des théories. Mais
peut-être battra-t-il en retraite et fera-t-il des excuses. Rien de tel que de se voir rappeler à temps
ses obligations personnelles. Tu sais, je soup-
çonne Shigeo de n'avoir même pas pris le temps
de réfléchir à ce qu'il faisait. Je parie qu'il a écrit
cet article en tenant d'une main sa plume, et de
l'autre ses livres sur le communisme. Il est tout à
fait possible qu'il finisse par battre en retraite.

— C'est bien possible. J'ai eu tellement de travail ces temps derniers...

— Bien sûr, bien sûr. Ton travail doit passer
avant le reste. Je t'en prie, ne t'inquiète pas de
cette affaire. Voyons, était-ce à moi de jouer ? »

Ils continuèrent la partie, ne parlant que rarement. J'entendis, à un moment, Ogata-San dire :
« Tu joues exactement comme je l'avais prévu. Il
faudra que tu sois très malin pour te tirer de cette
mauvaise passe. »

Ils jouaient depuis un bon moment lorsqu'on
frappa à la porte. Jiro leva les yeux et me jeta un
regard. Je posai mon ouvrage et me mis debout.

J'ouvris la porte pour me trouver face à deux
hommes qui souriaient et s'inclinaient devant
moi. Il était déjà assez tard, et je crus d'abord
qu'ils s'étaient trompés d'appartement. Puis je re-

connus en eux deux collègues de Jiro et je leur proposai d'entrer. Debout près de la porte, ils gloussaient tout seuls. L'un d'eux était un petit homme rondouillard au visage congestionné. Son compagnon, plus mince, avait le teint aussi pâle qu'un Européen ; mais il semblait également avoir bu, car des taches roses marquaient ses joues. Ils portaient tous deux des cravates, négligemment desserrées, et tenaient leur veston sur le bras.

Jiro parut content de les voir et leur proposa de venir s'asseoir. Mais ils restèrent dans l'entrée, à pouffer de rire.

« Ah, Ogata, lança à Jiro l'homme au teint pâle, nous te surprenons peut-être au mauvais moment.

— Pas du tout. Et que faites-vous donc par ici ?

— Nous sommes allés voir le frère de Murasaki. En fait, nous ne sommes pas rentrés chez nous de la soirée.

— Nous nous sommes permis de te déranger parce que nous avons peur de rentrer chez nous, intervint le petit gros. Nous n'avons pas prévenu nos femmes que nous serions en retard.

— Quelle paire de crapules vous faites, dit Jiro. Mais enlevez donc vos souliers, et venez nous rejoindre.

— Nous vous prenons au mauvais moment, répéta l'homme pâle. Je vois que tu as de la visite. » Il sourit et s'inclina à l'intention d'Ogata-San.

« C'est mon père, mais comment puis-je faire les présentations si vous n'entrez pas ? »

Les visiteurs se décidèrent à ôter leurs souliers et à s'asseoir. Jiro les présenta à son père, et ils recommencèrent à s'incliner et à pouffer.

« Ces messieurs travaillent dans l'entreprise de Jiro ? demanda Ogata-San.

— Oui, parfaitement, répondit le petit gros. Et c'est un grand honneur pour nous, bien qu'il nous mène la vie dure. Au bureau, nous appelons votre fils "Pharaon", parce qu'il nous force tous à travailler comme des esclaves pendant qu'il se tourne les pouces.

— Quelles inepties, dit mon mari.

— C'est la vérité. Il nous commande comme si nous étions ses laquais, après quoi il s'assied pour lire son journal. »

Ogata-San parut un peu troublé, mais comme les autres riaient, il suivit le mouvement.

« Mais que vois-je ? » L'homme pâle indiqua l'échiquier. « Allons donc, je savais bien que nous vous avions interrompus.

— Nous jouions aux échecs histoire de passer le temps, dit Jiro.

« — Dans ce cas, continuez votre partie. Ne vous laissez pas interrompre par des crapules comme nous.

— Ne dites pas de bêtises. Comment pourrais-je me concentrer avec de pareils imbéciles à proximité ? » Jiro repoussa l'échiquier. Une ou deux pièces tombèrent et il les remit debout sans regarder les cases. « Ainsi, vous êtes allés voir le frère de Murasaki. Etsuko, apporte du thé à ces messieurs. » Ces dernières paroles, mon mari les prononça alors que j'avais déjà pris la direction de la cuisine. Mais le petit homme rondouillard se mit à gesticuler frénétiquement.

« Madame, madame, asseyez-vous. S'il vous plaît. Nous allons repartir d'une minute à l'autre. Asseyez-vous, je vous en prie.

— Cela ne me dérange pas, dis-je en souriant.

— Non, madame, je vous en implore — il s'était mis à crier très fort —, comme dit votre mari, nous sommes des crapules. Ne vous don-nez pas de mal, je vous en prie, asseyez-vous. »

J'étais sur le point de lui obéir, mais je vis Jiro me lancer un regard furieux.

« Prenez donc un peu de thé avec nous, insistai-je. Vous ne dérangez pas du tout.

— Maintenant que vous êtes assis, vous pou-vez bien passer un moment avec nous, dit mon mari aux visiteurs. De toute façon, je voudrais que vous me parliez du frère de Murasaki. Est-il aussi fou qu'on le dit ?

— C'est un tempérament, il n'y a pas de doute, dit le petit gros en riant. Il ne nous a pas du tout déçus. Et as-tu déjà entendu parler de sa femme ? »

Je m'inclinai et me glissai dans la cuisine sans que personne me remarque. Je préparai le thé et disposai sur une assiette des gâteaux que j'avais confectionnés dans la journée. Parmi les rires provenant de la salle de séjour, je reconnus la voix de mon mari. À nouveau, l'un des visiteurs l'appelait « Pharaon » d'une voix sonore. Quand je revins dans la salle de séjour, Jiro et ses visiteurs semblaient d'excellente humeur. Le petit homme racontait une anecdote sur la rencontre d'un ministre avec le général MacArthur. Je plaçai les gâteaux à leur portée, leur servis du thé, puis je m'assis près d'Ogata-San. Les amis de Jiro firent encore plusieurs plaisanteries à propos de certains politiciens, puis l'homme pâle fit mine d'être choqué parce que son compagnon dénigrait une personnalité qu'il admirait. Il prit un air compassé pendant que les autres le raillaient.

« Au fait, Hanada, lui dit mon mari. On m'a raconté une histoire intéressante, l'autre jour, au bureau. Il paraît que lors des dernières élections, tu aurais menacé de battre ta femme à coups de canne de golf parce qu'elle refusait de voter comme tu le lui demandais.

— Où as-tu entendu cette ânerie ?

— Je l'ai appris de source sûre.

— C'est exact, confirma le petit gros. D'ailleurs, ta femme voulait appeler la police pour se plaindre d'avoir subi une intimidation politique.

— Quelle ânerie. De toute façon, je n'ai plus de cannes de golf. Je les ai toutes vendues l'année dernière.

— Tu as gardé un fer numéro sept, dit le petit gros. Je l'ai vu chez toi la semaine passée. Tu as très bien pu t'en servir.

— Mais tu ne peux pas nier, Hanada, n'est-ce pas ? dit Jiro.

— Cette histoire de canne de golf est absurde.

— Mais c'est vrai que tu n'es pas arrivé à la faire obéir. »

L'homme pâle haussa les épaules. « Écoute, en tant qu'individu, elle a le droit de voter comme elle veut.

— Dans ce cas, pourquoi l'as-tu menacée ? demanda son ami.

— J'ai essayé de la faire réfléchir, naturellement. Ma femme vote Yoshida parce qu'il ressemble à son oncle. Les femmes sont comme ça. Elles ne comprennent rien à la politique. Elles croient que pour choisir les hommes qui vont diriger le pays, elles peuvent s'y prendre comme pour choisir une robe.

— Et tu lui as fait tâter du fer numéro sept, dit Jiro.

— Est-ce réellement vrai ? » demanda Ogata-San. Il n'avait pas ouvert la bouche depuis que j'étais revenue avec le thé. Les trois autres cessèrent de rire et l'homme pâle regarda Ogata-San d'un air étonné.

« Mais non. » Devenant subitement guindé, il s'inclina légèrement. « Je ne l'ai pas vraiment frappée.

— Non, non, rectifia Ogata-San. Ce n'est pas ce que je voulais dire. Votre femme et vous, vous avez réellement voté pour deux partis différents ?

— Eh oui. » Il haussa les épaules et gloussa nerveusement. « Que pouvais-je y faire ?

— Excusez-moi. Je ne voulais pas être indiscret. » Ogata-San s'inclina profondément, et l'homme pâle lui rendit son salut. Comme si ces inclinations avaient constitué un signal, les représentants de la jeune génération se remirent à rire et à parler entre eux. Ils abandonnèrent les thèmes politiques pour s'intéresser à différents membres de leur entreprise. En leur servant du thé à nouveau, je m'aperçus que les gâteaux, dont j'avais apporté une quantité appréciable, avaient presque tous disparu. J'achevai de remplir leurs tasses, puis je retournai m'asseoir auprès d'Ogata-San.

Les visiteurs passèrent une bonne heure avec nous. Jiro les accompagna jusqu'à la porte puis revint s'asseoir en soupirant. « Il se fait tard, dit-il. Il va bientôt falloir que j'aille dormir. »

Ogata-San examinait l'échiquier. « Je crois que les pièces ont été un peu bousculées, dit-il. Je suis sûr que le cavalier était sur cette case-ci, et pas sur celle-là.

— Sûrement.

— Dans ce cas, je le remets là. Nous sommes bien d'accord ?

— Oui, oui, tu as certainement raison. Il faudra que nous finissions la partie une autre fois, père. Il va falloir que j'aille me coucher d'ici peu.

— Et si nous jouions encore quelques coups. Peut-être que nous arriverions même à la terminer.

— Franchement, j'aime mieux pas. Je me sens vraiment très fatigué.

— Bien sûr. »

Je rangeai l'ouvrage de couture que j'avais fait au début de la soirée et je m'assis en attendant que les autres se retirent. Mais Jiro prit un journal et commença à lire la dernière page. Puis il se mit à manger nonchalamment le dernier gâteau resté sur l'assiette. Au bout d'un long moment, Ogata-San lui dit : « Nous devrions peut-être achever cette partie maintenant. Il n'y en a plus que pour quelques coups.

— Père, je suis vraiment trop fatigué maintenant. J'ai un travail, et je dois y aller demain matin.

— Mais oui, bien sûr. »

Jiro se replongea dans ses journaux. Il continuait à manger le gâteau et je regardai les miettes qui tombaient sur le tatami. Ogata-San continua pendant quelque temps à contempler l'échiquier.

« Tout à fait extraordinaire, dit-il finalement, ce que racontait ton ami.

— Ah bon ? C'est-à-dire ? » Jiro ne leva pas les yeux de son journal.

« Que sa femme et lui avaient voté pour deux partis différents. Il y a quelques années, cela aurait été impensable.

— À coup sûr.

— C'est tout à fait extraordinaire, le genre de choses qui se passent de nos jours. Mais je suppose que c'est ce qu'on entend par "démocratie". » Ogata-San poussa un soupir. « Toutes ces choses que nous avons apprises avidement auprès des Américains, ce ne sont pas toujours des avantages.

— Non, certainement pas.

— Regarde ce que ça donne. Le mari et la femme votent pour deux partis différents. C'est un triste état de choses, quand on ne peut plus compter sur son épouse dans ce genre d'affaires. »

Jiro lisait toujours son journal. « Oui, c'est regrettable, dit-il.

— De nos jours, les épouses ne ressentent plus d'engagements à l'égard de la famille. Elles font ce qui leur plaît, elles votent pour un autre parti quand la fantaisie leur en prend. C'est absolument typique de la tournure que prennent les choses au Japon. Au nom de la démocratie, les gens délaissent leurs obligations. »

Jiro leva les yeux vers son père pendant un instant, puis se pencha à nouveau vers son journal. « À coup sûr, tu es dans le vrai. Mais quand même, tout ce que les Américains ont apporté n'est pas mauvais ?

— Les Américains ? Ils n'ont jamais compris les usages du Japon. Ils n'ont rien compris, pas un instant. Leurs coutumes conviennent peut-être aux Américains, mais au Japon, les choses ne se passent pas de la même façon, pas du tout. » Ogata-San soupira à nouveau. « La discipline, la loyauté, voilà ce qui faisait exister le Japon autrefois. Cela peut paraître excessif, mais c'est la vérité. Les gens étaient liés par le sens du devoir. À l'égard de la famille, des supérieurs, du pays. Et maintenant, tout ça a été remplacé par des bavardages sur la démocratie. On les entend à chaque fois que les gens veulent être égoïstes, à chaque fois qu'ils veulent oublier leurs obligations.

— Oui, tu as certainement raison. » Jiro bâilla et se gratta le côté du visage.

« Regarde ce qui s'est passé dans ma profession, par exemple. Voilà un système que nous avions préservé avec soin et amour, au fil de longues années. Les Américains sont venus et l'ont démantelé, ils l'ont détruit sans y accorder une pensée. Ils ont décidé que nos écoles seraient semblables aux écoles américaines, que nos enfants apprendraient ce qu'apprennent les petits Américains. Et les Japonais ont acclamé tout cela. Ils ont tout acclamé en parlant beaucoup de démocratie — il secoua la tête — mais bien des choses admirables ont été détruites dans nos écoles.

— Oui, bien sûr, c'est très vrai. » Jiro leva à nouveau les yeux. « Mais il y avait certainement des défauts dans l'ancien système, dans les écoles comme ailleurs.

— Jiro, que dis-tu ? Tu as lu ça quelque part ?

— C'est mon opinion personnelle.

— As-tu lu ces histoires dans ton journal ? J'ai consacré ma vie à enseigner la jeunesse. Et j'ai fini par voir les Américains tout démolir. C'est

105

inouï ce qui se passe maintenant dans les écoles, les manières qu'on enseigne aux enfants. Inouï. Et il y a tant de choses qu'on n'enseigne plus du tout. Te rends-tu compte, que de nos jours, les enfants achèvent leurs études sans rien connaître de l'histoire de leur propre pays ?

— En effet, c'est sans doute dommage. Mais j'ai des souvenirs bizarres du temps où j'étais écolier. Par exemple, je me rappelle avoir appris que le Japon avait été créé par les dieux. Que notre nation avait un caractère divin et suprême. Nous devions apprendre le livre par cœur, mot par mot. Tout cela n'est peut-être pas une trop grande perte.

— Mais, Jiro, les choses ne sont pas si simples. Visiblement, tu ne comprends pas comment tout cela fonctionnait. Les choses sont loin d'être aussi simples que tu l'imagines. Nous nous sommes employés à assurer la transmission des vertus essentielles, nous avons fait en sorte que les enfants grandissent en ayant la bonne attitude à l'égard de leur pays, de leurs camarades. Jadis, il y avait au Japon un certain esprit, qui nous soudait tous. Représente-toi un peu ce que c'est, d'être un jeune garçon dans le Japon d'aujourd'hui. On ne lui enseigne aucune valeur à l'école — sauf, peut-être, à demander égoïstement à la vie de satisfaire tous ses désirs. Il rentre chez lui, et il voit ses parents se battre parce que sa mère refuse de voter pour le parti de son père. Quel triste état de choses.

— Oui, je vois ce que tu veux dire. Et maintenant, père, je te demande de m'excuser, car je dois aller au lit.

— Endo, moi, d'autres hommes qui nous ressemblaient, nous avons fait de notre mieux, oui, de notre mieux pour aider à se développer ce qu'il y avait de bon dans le pays. Et beaucoup de bonnes choses ont été détruites.

— C'est extrêmement regrettable. » Mon mari se mit debout. « Excuse-moi, père, il faut que je dorme. Demain, ma journée va encore être très chargée. »

Ogata-San leva les yeux vers son fils, l'air un peu surpris. « Mais bien entendu. Comme je suis négligent de t'avoir fait veiller aussi tard. » Il courba légèrement le buste.

« Pas du tout. Je regrette que nous ne puissions parler plus longtemps, mais il faut vraiment que j'aille dormir.

— Mais oui, bien sûr. »

Jiro souhaita une bonne nuit à son père et quitta la pièce. Pendant quelques secondes, Ogata-San regarda fixement la porte par laquelle Jiro avait disparu, comme s'il s'attendait à ce que son fils revînt d'une minute à l'autre. Puis il se tourna vers moi avec une expression inquiète.

« Je ne me rendais pas compte qu'il était si tard, dit-il. Je ne voulais pas faire veiller Jiro. »

V

« Parti ? Et sans vous laisser de message à son hôtel ? »

Sachiko rit. « Vous avez l'air stupéfaite, Etsuko, dit-elle. Non, il n'avait rien laissé. Il est parti hier matin, c'est tout ce qu'ils savent. Pour vous dire la vérité, je m'y attendais un peu. »

Je m'aperçus que je tenais toujours le plateau. Je le posai avec soin, puis je m'assis sur un coussin en face de Sachiko. Ce matin-là, une brise agréable soufflait dans tout l'appartement.

« Mais c'est terrible pour vous, dis-je. Et dire que vous aviez déjà préparé tous vos bagages.

— Cela n'a rien de neuf pour moi, Etsuko. Quand j'étais à Tokyo — c'est là que je l'ai rencontré, vous savez — quand j'étais à Tokyo, c'était exactement la même chose. Oh non, cela n'a rien de neuf pour moi. J'ai appris à m'attendre à ce genre de choses.

« — Et vous dites que vous comptez repartir en ville ce soir ? Toute seule ?

— Ne prenez pas cet air scandalisé, Etsuko. À côté de Tokyo, Nagasaki est une petite ville bien calme. S'il est encore à Nagasaki, je le retrouverai ce soir. Il a peut-être changé d'hôtel, mais il n'aura pas changé d'habitudes.

— Mais toute cette affaire est tellement éprouvante. Si vous voulez, je me ferai un plaisir de rester avec Mariko jusqu'à votre retour.

— Comme c'est gentil à vous. Mariko est tout à fait capable de rester toute seule, mais si vous êtes disposée à passer deux ou trois heures avec elle ce soir, ce serait tout à fait aimable de votre part. Mais je suis sûre que tout va s'arranger, Etsuko. Vous savez, quand on est passé par le genre de choses que j'ai vécues, on apprend à ne pas se laisser tracasser par de petites déconvenues de cet ordre.

— Et s'il… je veux dire, s'il a définitivement quitté Nagasaki ?

— Oh, Etsuko, il n'est pas loin. D'ailleurs, s'il avait vraiment voulu me quitter, il m'aurait laissé une lettre, non ? Vous voyez, il n'est pas allé loin. Il sait que j'arriverai à le retrouver. »

Sachiko me regarda en souriant. Je me trouvai bien en peine de répondre quoi que ce fût.

« Écoutez, Etsuko, poursuivit-elle, il est quand même venu jusqu'ici. Il a fait tout le chemin jusqu'à Nagasaki pour me retrouver chez mon oncle, tout le chemin depuis Tokyo. Pourquoi donc aurait-il fait une chose pareille s'il n'avait pas eu l'intention de tenir ses promesses ? Comprenez-vous, Etsuko, ce qui compte le plus pour lui, c'est de m'emmener en Amérique. C'est ce qu'il a l'intention de faire. Rien n'a changé, en fait : ce n'est qu'un léger retard. » Elle eut un rire bref. « Quelquefois, vous savez, c'est vraiment un petit enfant.

— Mais à votre avis, quelle idée lui a pris de partir comme cela ? Je ne comprends pas.

— Il n'y a rien à comprendre, Etsuko, ça n'a pour ainsi dire pas d'importance. Ce qu'il veut vraiment, c'est m'emmener en Amérique et avoir là-bas une vie rangée et respectable. C'est ce qu'il désire vraiment. Sinon, pourquoi aurait-il fait tout ce chemin pour venir me rejoindre chez mon oncle ? Vous voyez, Etsuko, il n'y a aucune raison de se faire autant de souci.

— Non, bien sûr. »

Sachiko sembla sur le point de parler à nouveau, mais parut aussitôt se retenir. Elle baissa les yeux vers le service à thé disposé sur le plateau. « Eh bien, Etsuko, dit-elle en souriant, versons donc le thé. »

Elle me regarda servir sans rien dire. À un moment où je lui jetai un bref coup d'œil, elle sourit comme pour m'encourager. J'achevai de servir le thé, et pendant quelque temps nous restâmes assises en silence.

« Au fait, Etsuko, dit Sachiko, je suppose que vous avez vu Mme Fujiwara et que vous lui avez expliqué ma situation.

— Oui, je l'ai vue avant-hier.

— J'imagine qu'elle se demandait ce qui m'était arrivé.

— Je lui ai expliqué que vous aviez dû partir pour l'Amérique. Elle s'est montrée tout à fait compréhensive.

— Voyez-vous, Etsuko, dit Sachiko, je me retrouve maintenant dans une situation difficile.

— Oui, je m'en rends compte.

— Sur le plan financier, comme sur tous les autres.

— Oui, je vois. » Je m'inclinai légèrement. « Si vous le désirez, je pourrais en parler à Mme Fujiwara. Étant donné les circonstances, je suis certaine qu'elle serait heureuse de…

— Non, non, Etsuko — Sachiko rit — je ne désire pas retourner dans sa petite échoppe. Je compte bien partir pour l'Amérique dans un proche avenir. Il y a un petit retard, c'est tout. Mais en attendant, voyez-vous, j'aurai besoin d'un peu d'argent. Et je me suis souvenue, Etsuko, que naguère, vous m'aviez proposé votre aide à cet égard. »

Elle me regardait avec un sourire bienveillant. Je soutins son regard pendant un moment. Puis je m'inclinai et lui dis :

« J'ai quelques économies personnelles. Ce n'est pas grand-chose, mais je serai heureuse de faire ce que je peux. »

Sachiko s'inclina gracieusement, puis leva sa tasse à thé. « Je préfère ne pas vous indisposer en spécifiant un montant. Cela dépend bien entendu de vous, et de vous seule. J'accepterai avec reconnaissance la somme qui vous paraîtra adéquate. Bien entendu, le prêt vous sera remboursé en temps utile, Etsuko ; vous pouvez être tranquille.

— Naturellement, dis-je d'un ton calme. Je n'en ai pas douté un instant. »

Sachiko me regardait toujours en souriant avec bienveillance. Je la priai de m'excuser et quittai la pièce.

Dans la chambre à coucher, le soleil entrait à flots, révélant toute la poussière de l'air. Je me mis à genoux près des petits tiroirs qui s'ouvraient au pied de notre armoire. Je sortis du tiroir du bas différents objets — des albums de photos, des cartes de vœux, une chemise pleine d'aquarelles peintes par ma mère — et je les posai soigneusement par terre, près de moi. Au fond du tiroir, il y avait le coffret à cadeaux en laque noire. Ayant soulevé le couvercle, j'y trouvai les quelques lettres que j'avais conservées — à l'insu de mon mari — ainsi que deux ou trois petites photographies. Je glissai la main en dessous pour prendre l'enveloppe qui contenait mon argent. Je remis tout en place méticuleusement et refermai le tiroir. Avant de sortir de la pièce, j'ouvris l'armoire et j'y choisis un foulard en soie aux motifs d'une discrétion appropriée, dont j'entourai l'enveloppe.

Quand je revins dans la salle de séjour, Sachiko remplissait sa tasse. Elle ne leva pas les yeux vers moi, et lorsque je posai le foulard plié sur le sol, à côté d'elle, elle continua à verser le thé sans y jeter un coup d'œil. Elle me fit un signe de tête au moment où je m'assis, puis avala une gorgée de thé. Je la vis une seule fois, en posant sa tasse de thé, glisser un bref regard en biais vers le petit paquet posé près de son coussin.

« Il y a quelque chose que vous n'avez pas l'air de comprendre, Etsuko, dit-elle enfin. Voyez-vous, je n'ai honte de rien de ce que j'ai fait, je ne ressens aucune gêne. Sachez que vous êtes libre de me demander tout ce qui vous plaît.

— Oui, naturellement.

— Par exemple, Etsuko, pourquoi ne me posez-vous jamais de questions sur "mon ami", comme vous l'appelez toujours ? Il n'y a absolument pas de quoi être gênée. Allons, Etsuko, voilà que vous rougissez déjà.

— Je vous assure que je ne ressens aucune gêne. En fait…

— Mais vous êtes gênée, Etsuko, je m'en aperçois. » Sachiko rit et battit des mains. « Pourquoi donc ne pouvez-vous comprendre que je n'ai rien à cacher, rien qui me fasse honte ? Pourquoi rougissez-vous ainsi ? A-t-il suffi que je fasse allusion à Frank ?

— Mais je ne me sens pas gênée. Et je vous assure que je n'ai jamais supposé quoi que ce soit…

— Pourquoi ne me posez-vous jamais de questions sur lui, Etsuko ? Il doit y avoir toutes sortes de questions que vous avez envie de poser. Pourquoi donc ne rien me demander ? Après tout, dans le quartier, tout le monde a l'air plutôt intrigué, vous devez donc l'être aussi, Etsuko. Eh bien, sachez que vous êtes libre de me demander tout ce qu'il vous plaît.

— Mais sérieusement, je…

— Allons, Etsuko, j'insiste. Interrogez-moi sur lui. Je le veux. Interrogez-moi sur lui, Etsuko.

— Très bien.

— Alors ? Allez-y, Etsuko, posez des questions.

— Très bien. À quoi ressemble-t-il, votre ami ?

— À quoi ressemble-t-il ? » Sachiko rit à nouveau. « C'est tout ce que vous voulez savoir ? Eh bien, il est grand comme la plupart de ces étrangers, et ses cheveux ont tendance à s'éclaircir. Il n'est pas vieux, comprenez-moi bien. Les étrangers deviennent chauves plus vite, le saviez-vous, Etsuko ? Et maintenant, posez-moi d'autres questions sur lui. Il doit y avoir d'autres choses que vous voulez savoir.

— C'est-à-dire que, franchement…

— Allons, Etsuko, posez des questions. Je veux que vous en posiez.

— Mais sincèrement, il n'y a rien que je tienne à…

— Je suis sûre que si, pourquoi hésitez-vous à m'interroger ? Posez-moi des questions sur lui, Etsuko, n'hésitez pas.

— Eh bien, à vrai dire, il y a effectivement une question que je me suis posée. »

Brusquement, Sachiko sembla se figer. Jusquelà, elle avait tenu les mains jointes devant elle, mais elle les abaissa et les posa à nouveau sur ses genoux.

« Je me suis effectivement demandé, repris-je, s'il parlait un peu le japonais. »

L'espace d'un instant, Sachiko resta muette. Puis elle sourit et son maintien parut un peu moins crispé. Elle leva à nouveau sa tasse à thé et but plusieurs gorgées. Lorsqu'elle parla enfin, ce fut d'un ton presque rêveur.

« Les étrangers ont vraiment beaucoup de mal avec notre langue. » Elle s'interrompit et eut un petit sourire, comme pour elle-même. « Le japonais de Frank est absolument atroce ; nous conversons donc en anglais. Connaissez-vous un peu l'anglais, Etsuko ? Pas du tout ? Voyez-vous, mon père parlait bien l'anglais. Il avait des relations en Europe et m'a toujours encouragée à apprendre cette langue. Mais après mon mariage, bien sûr, j'ai cessé d'étudier. Mon mari me l'interdisait. Il m'a pris tous mes livres anglais. Mais je n'ai pas oublié. Quand j'ai rencontré des étrangers, à Tokyo, tout m'est revenu. »

Nous restâmes un moment assises en silence. Puis Sachiko poussa un soupir de lassitude.

« Je crois que je vais bientôt devoir rentrer », dit-elle. Elle se pencha et ramassa le foulard plié. Puis, sans le regarder de plus près, elle le laissa tomber dans son sac à main.

« Vous ne voulez pas reprendre un peu de thé ? » demandai-je.

Elle haussa les épaules. « Rien qu'un petit peu, alors. »

Je remplis nos tasses. Sachiko m'observait. Elle dit enfin : « Si cela vous pose le moindre problème — je veux dire, pour ce soir — cela n'a pas d'importance. Maintenant, on devrait pouvoir laisser Mariko toute seule.

— Cela ne m'ennuie pas du tout. Je suis sûre que mon mari n'y verra pas d'objection.

— Vous êtes très aimable, Etsuko », dit Sachiko d'un ton neutre. Puis elle ajouta : « Il vaut peut-être mieux que je vous prévienne. Depuis quelques jours, ma fille est d'une humeur un peu difficile.

— Ce n'est pas grave. » Je souris : « Il faut que je m'habitue aux enfants, quelle que soit leur humeur. »

Sachiko buvait lentement son thé. Elle ne semblait pas pressée de repartir. Elle posa enfin sa tasse et resta un moment assise, à examiner le dos de ses mains.

« Je sais que c'est terrible, ce qui s'est passé ici, à Nagasaki, dit-elle enfin. Mais à Tokyo aussi, c'était dur. Ça continuait, semaine après semaine, et c'était très dur. Vers la fin, nous vivions tous dans des tunnels, dans des immeubles délabrés ; il n'y avait plus que des gravats. On ne pouvait pas vivre à Tokyo sans voir des spectacles pénibles. Et Mariko en a vu, elle aussi.

— Oui. Cette période a dû être très difficile.

— Cette femme. Cette femme dont vous avez entendu Mariko parler. C'est une des choses qu'elle a vues à Tokyo. Elle a bien vu des choses à Tokyo, des choses effroyables, mais elle s'est toujours rappelé cette femme. » Elle retourna ses mains, dont elle examina les paumes, allant de l'une à l'autre comme pour les comparer.

« Cette femme, dis-je. Elle a été tuée dans un bombardement ?

— Elle s'est tuée. Il paraît qu'elle s'est coupé la gorge. Je ne l'ai jamais connue. Voyez-vous, Mariko est partie en courant, un matin. Je ne me rappelle pas pourquoi. Elle devait être perturbée, pour une raison ou une autre. Toujours est-il qu'elle est partie en courant dans la rue ; je lui ai couru après. Il était très tôt, il n'y avait personne. Mariko s'est engagée dans une ruelle, et je l'ai suivie. Au bout, il y avait un canal, et la femme y était agenouillée, dans l'eau jusqu'aux coudes. Une femme jeune, très maigre. Dès que je l'ai vue, j'ai compris que quelque chose n'allait pas. Voyez-vous Etsuko, elle s'est tournée et elle a souri à Mariko. Je savais que quelque chose n'allait pas, et sans doute Mariko le savait-elle aussi, parce qu'elle s'est arrêtée de courir. J'ai cru d'abord que la

119

femme était aveugle, elle avait ce genre de regard, des yeux qui n'avaient pas vraiment l'air d'y voir. Et puis elle a sorti ses bras du canal et elle nous a montré ce qu'elle tenait enfoncé dans l'eau. C'était un bébé. À ce moment-là, j'ai attrapé Mariko et nous sommes sorties de la ruelle. »

Je gardai le silence, lui laissant le temps de continuer. Sachiko prit la théière et se resservit du thé.

« Comme je vous le disais, reprit-elle, j'ai appris que cette femme s'était tuée. Quelques jours plus tard.

— Quel âge avait Mariko à l'époque ?

— Cinq ans, presque six. Elle a vu d'autres choses à Tokyo. Mais cette femme, elle ne l'a jamais oubliée.

— Elle a tout vu ? Elle a vu le bébé ?

— Oui. En fait, j'ai cru pendant longtemps qu'elle n'avait pas compris ce qu'elle avait vu. Elle n'en a pas parlé après. Sur le coup, elle n'avait même pas l'air particulièrement émue. Elle ne s'est mise à en parler qu'environ un mois plus tard. Nous dormions dans un vieil immeuble, à ce moment-là. Je me suis réveillée en pleine nuit et j'ai vu Mariko assise, les yeux fixés sur l'embrasure de la porte. Il n'y avait pas de porte, rien que l'embrasure, et Mariko la regardait fixement. J'étais très inquiète. Vous comprenez, n'importe qui pouvait entrer dans cet immeuble sans rencontrer le moindre obstacle. J'ai demandé à Mariko ce qui n'allait pas, et elle m'a dit qu'elle avait vu une femme qui nous regardait. Je lui ai demandé comment était cette femme ; Mariko m'a dit que c'était celle que nous avions vue ce matin-là. Qui nous regardait, debout dans l'embrasure. Je me suis levée et j'ai fait un tour d'inspection, mais je n'ai vu personne. Évidemment, il n'est pas du tout impossible qu'une femme soit venue. N'importe qui pouvait entrer sans difficulté.

— Je comprends. Et Mariko a pu la prendre pour la femme que vous aviez vue.

— Je suppose que c'est ce qui s'est passé. En tout cas, c'est à ce moment-là que Mariko a commencé à être obsédée par cette femme. Je croyais que cela lui avait passé avec le temps, mais tout récemment, ça a recommencé. Si elle se met à en parler ce soir, je vous en prie, n'y prêtez aucune attention.

— Oui, je comprends.

— Vous savez comment sont les enfants, continua Sachiko. Ils jouent à faire semblant, et ils ne savent plus où commencent leurs inventions et où elles s'arrêtent.

— Oui, j'imagine que cela n'a rien d'inhabituel, en fait.

121

— Voyez-vous, Etsuko, la situation était très difficile, lorsque Mariko est née.

— Oui, certainement, répondis-je. J'ai beaucoup de chance, je le sais.

— La situation était très difficile. J'ai peut-être fait une sottise en me mariant à ce moment-là. Après tout, on voyait bien que la guerre allait éclater. Mais voilà, Etsuko : personne ne savait ce que c'était qu'une guerre, à cette époque. Je suis entrée par le mariage dans une famille des plus respectées. Je n'imaginais pas qu'une guerre pouvait à ce point changer la situation.

Sachiko posa sa tasse et se passa une main dans les cheveux. Puis elle eut un bref sourire. « Pour ce qui est de ce soir, Etsuko, ma fille est tout à fait capable de s'amuser toute seule. Ne vous donnez donc pas trop de mal pour elle. »

Lorsqu'elle parlait de son fils, le visage de Mme Fujiwara revêtait souvent une expression de lassitude.

« Il se fait vieux maintenant, disait-elle. Bientôt, il ne pourra plus choisir que parmi les vieilles filles. »

Nous étions assises dans la cour, devant sa boutique. Plusieurs tables étaient occupées par des employés qui prenaient leur déjeuner.

« Pauvre Kazuo-San, dis-je en riant. Mais je comprends ce qu'il ressent. C'est si triste, ce qui est arrivé à Mlle Michiko. Il y avait longtemps qu'ils étaient fiancés, n'est-ce pas ?

— Trois ans. Je n'ai jamais saisi l'intérêt de fiançailles aussi longues. Oui, Michiko était une fille bien. Je suis sûre qu'elle aurait été la première à partager mon opinion sur la façon dont Kazuo porte son deuil. Elle aurait souhaité qu'il refasse sa vie.

— Mais cela doit lui être difficile. Avoir dressé des plans pendant si longtemps, pour que tout se termine de cette façon-là…

— Oui, mais maintenant, c'est du passé, tout ça, dit Mme Fujiwara. Nous avons tous été forcés de tourner la page. Vous aussi, Etsuko, vous aviez le cœur brisé, je m'en souviens. Et pourtant, vous avez continué à vivre.

— Oui, mais j'ai eu beaucoup de chance. Ogata-San a été très bon pour moi, à cette époque. Je ne sais pas ce que je serais devenue sans lui.

— C'est vrai, il a été très bon pour vous. Et bien sûr, cela vous a permis de rencontrer votre mari. Mais vous méritiez d'avoir cette chance.

— Je ne sais vraiment pas où je serais aujourd'hui si Ogata-San ne m'avait pas accueillie. Mais j'arrive à comprendre comme cela doit être dur — pour votre fils, par exemple. Même moi, il m'arrive encore de penser à Nakamura-San. Je ne peux pas m'en empêcher. Quelquefois, quand je me réveille, j'oublie. Je m'imagine que je suis encore ici, à Nakagawa…

— Allons, Etsuko, il ne faut pas dire des choses pareilles. » Mme Fujiwara me regarda longuement, puis elle soupira. « Mais cela m'arrive aussi. Comme vous dites, le matin, au moment où on se réveille, on est quelquefois pris par surprise. Je m'éveille souvent en me disant que je dois me dépêcher d'aller préparer le petit déjeuner pour tout le monde. »

Nous restâmes un moment muettes. Puis Mme Fujiwara eut un petit rire.

« Vous êtes très vilaine, Etsuko. Voilà qu'à moi aussi, vous me faites dire ce genre de choses.

— C'est tout à fait sot de ma part. De toute façon, pour Nakamura-San et moi, il n'y avait jamais rien eu entre nous. Je veux dire que rien n'avait été décidé. »

Mme Fujiwara continuait à me regarder, accompagnant de petits hochements de tête le cheminement intime de ses pensées. De l'autre côté de la cour, un client se leva, prêt à s'en aller.

Je suivis des yeux Mme Fujiwara pendant qu'elle allait le trouver ; c'était un jeune homme soigné, en manches de chemise. Ils se saluèrent d'une inclination du buste et se mirent à bavarder gaiement. L'homme fit une réflexion en refermant son porte-documents et Mme Fujiwara rit de bon cœur. Ils échangèrent de nouveaux saluts, puis il disparut dans la foule de l'après-midi. Je fus heureuse de cette occasion de remettre un peu de calme dans mes sentiments. Quand Mme Fujiwara revint, je lui dis :

« Je ne vais pas tarder à vous quitter. Vous êtes très occupée.

— Restez donc là, reposez-vous. Vous venez à peine de vous asseoir. Je vais vous chercher quelque chose à manger.

— Mais non, ce n'est pas la peine.

— Allons, Etsuko, si vous ne mangez pas ici, vous n'allez pas déjeuner d'ici une heure. Vous savez qu'au point où vous en êtes, il est important pour vous de manger régulièrement.

— Oui, sans doute. »

Mme Fujiwara m'observa attentivement pendant un moment. Puis elle me dit : « Vous avez maintenant toutes les raisons d'espérer, Etsuko. Qu'est-ce qui vous rend si malheureuse ?

— Malheureuse ? Mais je ne suis absolument pas malheureuse. »

Elle me regardait toujours ; je ris nerveusement.

« Lorsque l'enfant sera là, dit-elle enfin, vous
serez ravie, croyez-moi. Et vous allez être une
mère admirable, Etsuko.

— Je l'espère.

— J'en suis sûre.

— Très bien. » Je levai les yeux en souriant.

Mme Fujiwara hocha la tête, puis elle se leva à
nouveau.

Dans la petite maison de Sachiko, il faisait de
plus en plus noir — il n'y avait qu'une lanterne
dans la pièce — et je crus d'abord que Mariko
contemplait une marque noire sur le mur. Elle
tendit un doigt et la tache bougea légèrement. Je
compris alors que c'était une araignée.

« Mariko, ne touche pas à ça. Ce n'est pas
propre. »

Elle mit ses deux mains derrière son dos, mais
continua à contempler l'araignée.

« Nous avions une chatte autrefois, dit-elle.
Avant de venir ici. Elle attrapait les araignées.

— Je vois. Non, n'y touche pas, Mariko.

— Mais ce n'est pas du poison.

— Non, mais n'y touche pas, c'est sale.

126

— La chatte que nous avions, elle mangeait les araignées. Qu'est-ce qui se passerait si je mangeais une araignée ?

— Je ne sais pas, Mariko.

— Je serais malade ?

— Je n'en sais rien. » Je me remis à l'ouvrage que j'avais apporté. Mariko regardait toujours l'araignée. Elle me dit enfin : « Je sais pourquoi vous êtes venue ce soir.

— Je suis venue parce que ce n'est pas bien que les petites filles restent toutes seules.

— C'est à cause de la femme. C'est parce que la femme pourrait revenir.

— Tu ne veux pas me montrer d'autres dessins ? Ceux que tu m'as montrés tout à l'heure étaient très jolis. »

Mariko ne répondit pas. Elle alla vers la fenêtre et regarda au-dehors, dans la nuit.

« Ta maman ne va plus tarder. Tu ne veux pas me montrer d'autres dessins ? »

Mariko avait toujours le regard plongé dans l'obscurité. Au bout d'un moment, elle retourna dans le coin où elle avait été assise avant que son attention soit attirée par l'araignée.

« Qu'est-ce que tu as fait aujourd'hui, Mariko ? demandai-je. Tu as dessiné ?

— J'ai joué avec Atsu et Mi-Chan.

— C'est bien, ça. Où habitent-ils ? Dans les immeubles ?

— Voilà Atsu — elle indiqua, à côté d'elle, un des petits chatons noirs — et voilà Mi-Chan. »

Je ris. « Ah, je vois. Ce sont de mignons chatons, n'est-ce pas ? Mais tu ne joues jamais avec les autres enfants ? Les enfants des immeubles ?

— Je joue avec Atsu et Mi-Chan.

— Mais tu devrais essayer de te faire des amis parmi les autres enfants. Je suis sûre qu'ils sont tous très gentils.

— Ils ont volé Suji-Chan. C'était mon chaton favori.

— Ils l'ont volé ? Comme c'est triste ! Je me demande pourquoi ils ont fait une chose pareille ?

Mariko se mit à caresser un des chatons. « Et maintenant, j'ai perdu Suji-Chan.

— Peut-être qu'il va revenir. Je suis sûre qu'ils voulaient seulement jouer.

— Ils l'ont tué. J'ai perdu Suji-Chan.

— Oh. Je me demande pourquoi ils ont fait ça.

— Je leur ai jeté des pierres. Parce qu'ils disaient des choses.

— Mais il ne faut pas jeter des pierres, Mariko.

— Ils ont dit des choses. Sur ma mère. Je leur ai jeté des pierres, et ils ont pris Suji-Chan et ils n'ont pas voulu le rendre.

— Enfin, il te reste les autres chatons. »

Mariko traversa la pièce et retourna près de la fenêtre. Elle était juste assez grande pour poser ses coudes sur le rebord. Pendant quelques minutes, elle regarda dans l'obscurité, le visage presque collé à la vitre.

« Je veux sortir maintenant, dit-elle brusquement.

— Sortir ? Mais il est bien trop tard, il fait noir dehors. Et ta mère va bientôt rentrer.

— Mais je veux quand même sortir.

— Il faut que tu restes ici, Mariko. »

Elle regardait toujours au-dehors. J'essayai de discerner ce qu'elle pouvait bien voir ; de là où j'étais, je ne voyais que des ténèbres.

« Tu devrais peut-être être plus gentille avec les autres enfants. Comme ça, tu pourrais te faire des amis.

— Je sais pourquoi maman vous a demandé de venir ici.

— Tu ne peux pas t'attendre à te faire des amis si tu lances des pierres.

— C'est à cause de la femme. C'est parce que maman est au courant, pour la femme.

« — Je ne comprends pas de quoi tu parles, Mariko-San. Raconte-moi encore des choses sur tes chatons. Est-ce que tu vas continuer à les dessiner quand ils seront plus grands ?

— C'est parce que la femme risque de revenir. C'est pour ça que maman vous a demandée.

— Je ne crois pas.

— Maman a vu la femme. Elle l'a vue l'autre soir. »

Pendant une seconde, je cessai de coudre pour lever les yeux vers Mariko. Elle s'était écartée de la fenêtre et me regardait fixement, les yeux étrangement inexpressifs.

« Où est-ce que ta mère a vu cette… cette personne ?

— Là, dehors. Elle l'a vue là, dehors. C'est pour ça qu'elle vous a demandée. »

Mariko quitta la fenêtre et revint à ses chatons. La chatte était survenue et les chatons s'étaient blottis près de leur mère. Mariko s'allongea près d'eux et se mit à chuchoter. Son murmure avait quelque chose de troublant.

« Ta mère ne devrait pas tarder, dis-je. Je me demande ce qu'elle fait.

Mariko chuchotait toujours.

« Elle m'a beaucoup parlé de Frank-San. Ça m'a l'air de quelqu'un de très gentil. »

Le murmure cessa. L'espace d'une seconde, nos regards se croisèrent.

« Il est vilain, dit Mariko.

— Allons, Mariko-San, ce n'est pas bien de dire ça. Ta mère m'a beaucoup parlé de lui, et il a l'air très sympathique. Et je suis sûre qu'il est très gentil avec toi, n'est-ce pas ? »

Elle se mit debout et alla jusqu'au mur. L'araignée était toujours là.

« Oui, je suis sûre que c'est quelqu'un de sympathique. Il est gentil avec toi, n'est-ce pas, Mariko-San ? »

Mariko tendit la main. L'araignée se déplaçait très lentement sur le mur.

« Mariko, n'y touche pas.

— La chatte qu'on avait à Tokyo, elle attrapait les araignées. On devait l'emmener avec nous. »

Je distinguais plus nettement l'araignée dans sa nouvelle position. Elle avait des pattes courtes et épaisses, et chaque patte projetait son ombre sur le mur jaune.

« C'était une bonne chatte, poursuivit Mariko. Elle devait venir avec nous à Nagasaki.

— Et vous l'avez emmenée ?

— Elle a disparu. La veille de notre départ. Maman avait promis qu'on l'emmènerait, mais elle a disparu.

— Je vois. »

D'un geste vif, elle saisit l'une des pattes de l'araignée. Les pattes restantes s'agitèrent frénétiquement autour de sa main quand elle la détacha du mur.

« Lâche-la, Mariko. C'est sale. »

Mariko retourna sa main et l'araignée rampa au creux de sa paume. Elle referma l'autre main par dessus de façon à l'emprisonner.

« Mariko, pose-la.

— Ça n'est pas du poison, dit-elle en se rapprochant de moi.

— Non, mais c'est sale. Remets-la dans le coin.

— Quand même, ça n'est pas du poison. »

Debout devant moi, elle tenait l'araignée entre ses mains jointes. Par une fente qui s'ouvrait entre ses doigts, j'apercevais une patte animée d'un mouvement lent et rythmé.

« Remets-la dans le coin, Mariko.

— Qu'est-ce qui se passerait si je la mangeais ? Ce n'est pas du poison.

« Tu serais très malade. Et maintenant, Mariko, remets-la dans le coin. »

Mariko approcha l'araignée de son visage et écarta les lèvres.

« Ne sois pas sotte, Mariko. C'est très sale. »

Sa bouche s'ouvrit plus largement, puis ses mains s'écartèrent et l'araignée vint atterrir devant mes genoux. Je reculai en sursaut. L'araignée fila sur le tatami et alla se perdre dans l'ombre, derrière moi. Je mis un moment à me remettre, et je m'aperçus alors que Mariko avait quitté la maisonnette.

VI

Il m'est difficile, aujourd'hui, de préciser le
temps que je passai à la chercher cette nuit-là. Ce
fut vraisemblablement un temps considérable,
car ma grossesse était déjà bien avancée et je pre-
nais soin d'éviter tout mouvement précipité. De
plus, une fois que je fus dehors, je trouvai une
paix étrange à marcher près de la rivière. Sur une
portion de la berge, l'herbe était très haute. Je
portais certainement des sandales, cette nuit-là,
car je me rappelle distinctement le frôlement de
l'herbe contre mes pieds. Pendant que je marchais, j'entendais un bruissement d'insectes tout
autour de moi.

Je perçus soudain un son d'une autre nature,
une sorte de frou-frou comme si un serpent
s'était faufilé dans l'herbe derrière moi. Je m'arrêtai pour mieux écouter, et je vis alors d'où venait
le bruit ; un vieux bout de corde s'était entortillé

autour de ma cheville, et depuis un moment, je le traînais derrière moi dans l'herbe. Je l'enlevai soigneusement de mon pied. Quand je le levai devant mes yeux à la lumière de la lune, je le sentis humide et boueux entre mes doigts.

« Te voilà, Mariko », dis-je : elle était assise dans l'herbe à quelques pas de moi, les genoux repliés sous le menton. Les branches d'un saule — il en poussait plusieurs sur la berge — pendaient au-dessus de l'endroit où elle était assise. Je m'avançai vers elle pour pouvoir distinguer plus nettement son visage.

« Qu'est-ce que c'est ? demanda-t-elle.

— Rien. Ça s'est entortillé autour de mon pied pendant que je marchais.

— Oui, mais qu'est-ce que c'est ?

— Rien qu'un vieux bout de corde. Qu'est-ce que tu fais ici ?

— Vous voulez prendre un chaton ?

— Un chaton ?

— Maman dit qu'on ne peut pas garder les chatons. Vous en voulez un ?

— Je ne crois pas.

— Mais il faut qu'on leur trouve vite une maison. Sans quoi maman dit qu'il faudra les noyer.

— Ce serait dommage.

— Vous pourriez prendre Atsu.

— Nous verrons.

— Pourquoi tenez-vous ça ?

— Je te l'ai dit, ce n'est rien. Mon pied s'est pris dedans. » Je fis un pas de plus vers elle. « Pourquoi fais-tu ça, Mariko ?

— Quoi ?

— Tu viens de faire une drôle de tête.

— Je n'ai pas fait une drôle de tête. Pourquoi tenez-vous cette corde ?

— Si, tu as fait une drôle de tête. Une tête très bizarre.

— Pourquoi tenez-vous cette corde ? »

Je l'observai pendant un moment. Des marques de peur se lisaient sur son visage.

« Alors, vous ne voulez pas de chaton ? demanda-t-elle.

— Non, je ne crois pas. Qu'est-ce qui ne va pas ? »

Mariko se mit debout. Je m'avançai jusqu'au saule. J'aperçus la maisonnette à faible distance de là, la forme sombre du toit se découpant sur le ciel plus clair. J'entendis le bruit des pas de Mariko qui partait en courant dans l'ombre.

Lorsque je parvins à la porte de la maisonnette, j'entendis à l'intérieur la voix coléreuse de Sachiko. À mon entrée, elles se tournèrent toutes deux vers moi. Sachiko était debout au milieu de la pièce, sa fille devant elle. Dans la lumière projetée par la lanterne, son visage soigneusement maquillé avait l'aspect d'un masque.

« Je crains que Mariko ne vous ait causé du souci, me dit-elle.

— C'est-à-dire qu'elle est sortie en courant…

— Demande pardon à Etsuko-San. » Elle empoigna rudement le bras de Mariko.

« Je veux retourner dehors.

— Tu ne sors pas d'ici. Et maintenant, fais tes excuses.

— Je veux aller dehors. »

De sa main libre, Sachiko gifla sèchement l'enfant sur l'arrière de la cuisse. « Et maintenant, demande pardon à Etsuko-San. »

De petites larmes apparaissaient dans les yeux de Mariko. Elle me regarda un instant, puis se tourna à nouveau vers sa mère. « Pourquoi pars-tu toujours ? »

Sachiko leva à nouveau une main menaçante.

« Pourquoi pars-tu toujours avec Frank-San ?

— Vas-tu enfin t'excuser ?

— Frank-San pisse comme un cochon. C'est un cochon dans un égout. »

Sachiko dévisagea sa fille, la main toujours suspendue en l'air.

« Il boit sa pisse.

— Silence.

137

— Il boit sa pisse et il chie dans son lit. »

Sachiko la dévisageait toujours d'un air furieux, mais sans faire le moindre geste.

« Il boit sa pisse. » Mariko se dégagea le bras et traversa la pièce d'une allure nonchalante. Devant la porte, elle se tourna et regarda sa mère en face. « Il pisse comme un cochon », répéta-t-elle, avant de partir dans la nuit.

Pendant un long moment, Sachiko regarda fixement la porte ; elle semblait avoir oublié ma présence.

« Est-ce qu'on ne devrait pas la suivre ? » dis-je au bout de quelques minutes.

Sachiko tourna les yeux vers moi et parut se détendre un peu. « Non, dit-elle en s'asseyant. Laissez-la.

— Mais il est très tard.

— Laissez-la. Elle reviendra quand il lui plaira. »

Une bouilloire fumait depuis quelque temps sur le réchaud à foyer ouvert. Sachiko la retira du feu et entreprit de préparer du thé. Je l'observai un moment, puis demandai doucement :

« Avez-vous trouvé votre ami ?

— Oui, Etsuko, dit-elle. Je l'ai trouvé. » Elle continua à s'occuper de son thé, sans lever les yeux vers moi. Puis elle me dit : « Vous avez été très aimable de venir ici ce soir. Je vous demande pardon pour Mariko. »

Je continuais à l'observer. Je finis par lui demander : « Quels sont vos projets maintenant ?

— Mes projets ? » Sachiko acheva de remplir la théière, puis versa sur la flamme ce qui restait d'eau. « Etsuko, je vous l'ai dit bien souvent, ce qui compte le plus pour moi, c'est le bonheur de ma fille. Cela doit passer avant toute autre chose. Je suis une mère, après tout. Je ne suis pas une fille de cabaret sans nul égard pour les convenances. Je suis une mère, et les intérêts de ma fille passent avant tout.

— Bien entendu.

— J'ai l'intention d'écrire à mon oncle. Je l'informerai de mon domicile et je lui exposerai ce qu'il est en droit de connaître de ma situation actuelle. Après quoi, s'il le veut bien, j'envisagerai avec lui la possibilité de retourner chez lui. » Sachiko prit la théière entre ses deux mains et se mit à l'agiter doucement. « En réalité, Etsuko, je suis plutôt contente que les choses aient pris ce tour-là. Imaginez-vous le choc que cela aurait représenté pour ma fille de se retrouver dans un pays plein d'étrangers, un pays plein d'Ame-kos. Et d'avoir tout à coup un Ame-ko pour père, imaginez comme cela aurait été déroutant pour elle. Comprenez-vous ce que je veux dire, Etsuko ? Il y a déjà eu assez de bouleversements dans sa vie, elle mérite un peu de repos dans un endroit tranquille. C'est aussi bien que les événements aient pris cette tournure. »

Je murmurai une phrase d'assentiment.

« Etsuko, poursuivit-elle, les enfants représentent une responsabilité. Vous vous en apercevrez bien assez tôt. Et c'est de cela qu'il a peur, en réalité : n'importe qui s'en rendrait compte. Il a peur de Mariko. Eh bien, Etsuko, c'est quelque chose que je ne peux pas accepter. Ma fille passe avant tout le reste. C'est aussi bien que les événements aient pris cette tournure. » Elle continuait à bercer la théière entre ses mains.

« Cela doit être douloureux pour vous, dis-je enfin.

— Douloureux ? — Sachiko rit — Etsuko, vous imaginez-vous que de pareilles vétilles me font de la peine ? Quand j'avais votre âge, peut-être. Mais plus maintenant. J'en ai trop vu en quelques années. De toute façon, je m'attendais à ce que cela se produise. Mais oui : je ne suis pas du tout étonnée. Je m'y attendais. La dernière fois, à Tokyo, ça s'est à peu près passé de la même façon. Il a disparu et dépensé tout notre argent, il a tout bu en trois jours. Et c'était en grande partie mon argent, en plus. Savez-vous, Etsuko, que j'ai même travaillé comme femme de chambre dans un hôtel ? Oui, comme femme de chambre. Mais je ne me suis pas

plainte, et nous avions presque la somme nécessaire, encore quelques semaines et nous aurions
pu embarquer pour l'Amérique. Mais il a tout
bu. Toutes ces semaines que j'avais passées à
laver par terre, à genoux, et il a tout bu en trois
jours. Et le revoilà dans un bar, avec sa bonne à
rien de fille de cabaret. Comment pourrais-je
placer l'avenir de ma fille entre les mains d'un
pareil individu ? Je suis une mère, et ma fille
passe avant tout. »

Nous nous tûmes à nouveau. Sachiko posa la
théière devant elle et la regarda fixement.

« J'espère que votre oncle se montrera compré-
hensif », dis-je.

Elle haussa les épaules. « En ce qui concerne
mon oncle, Etsuko, j'en discuterai avec lui. Je
suis prête à le faire, dans l'intérêt de Mariko. S'il
refuse de m'aider, je trouverai une solution de re-
change. En tout cas, je n'ai pas l'intention de
partir pour l'Amérique en compagnie d'un étranger alcoolique. Je suis tout à fait heureuse qu'il se
soit trouvé une fille de cabaret pour boire avec
lui, je suis sûre qu'ils sont faits pour s'entendre.
Mais en ce qui me concerne, je vais agir dans
l'intérêt de Mariko : voilà ma décision. »

Sachiko continua pendant quelque temps à
contempler la théière. Puis elle soupira et se leva.
Elle alla jusqu'à la fenêtre et scruta l'obscurité.

« Est-ce qu'il ne faudrait pas aller la chercher, maintenant ? demandai-je.

— Non. » Sachiko regardait toujours au-dehors. « Elle ne va pas tarder à rentrer. Qu'elle reste dehors, si c'est ce qu'elle veut. »

Je ne ressens maintenant que du regret quant à mon attitude à l'égard de Keiko. Dans ce pays-ci, après tout, il n'est pas surprenant de voir une jeune femme de cet âge exprimer le désir de partir de chez elle. Tous mes efforts n'ont abouti, semble-t-il, qu'à l'amener, le jour où elle est enfin partie — il y a de cela presque six ans — à rompre tout lien avec moi. Mais aussi n'avais-je jamais imaginé qu'elle pouvait m'échapper aussi vite et passer hors de ma portée. Je ne voyais qu'une chose : même si ma fille était malheureuse à la maison, elle n'aurait pas été de taille à se mesurer avec le monde extérieur. C'était pour mieux la protéger que je m'opposais à elle avec tant de véhémence.

Ce matin-là — le cinquième jour du séjour de Niki — je m'éveillai aux premières heures de l'aube. Ce qui me frappa d'abord, ce fut de ne pas entendre le bruit de la pluie comme les nuits et les matins précédents. Puis je me rappelai ce qui m'avait éveillée.

Allongée sous les couvertures, je regardai tour à tour les objets que l'on pouvait voir dans la pâle lueur du petit matin. Au bout de quelques minutes, je me sentis un peu plus calme et je fermai à nouveau les yeux. Pourtant, je ne me rendormis pas. Je pensais à la propriétaire — celle de Keiko — et au jour où elle s'était enfin décidée à ouvrir la porte de cette chambre de Manchester.

J'ouvris les yeux et regardai à nouveau les divers objets qui se trouvaient dans la chambre. Enfin, je me levai et mis ma robe de chambre. Je gagnai la salle de bain, en prenant soin de ne pas réveiller Niki, qui dormait dans la chambre d'amis, à côté de la mienne. Lorsque je sortis de la salle de bain, je restai quelque temps debout sur le palier. Au-delà de l'escalier, à l'autre bout du couloir, je voyais la porte de la chambre de Keiko. Comme d'habitude, la porte était fermée. Je la regardai longuement, je me retrouvai debout devant la porte. Pendant le temps que je passai là, je crus, à un moment donné, percevoir un petit bruit, comme si quelque chose remuait à l'intérieur. Je tendis l'oreille, mais le bruit ne revint pas. J'avançai la main et ouvris la porte.

La chambre de Keiko paraissait bien nue dans la lumière grise : un lit recouvert d'un seul drap, sa coiffeuse blanche, et par terre, plusieurs cartons contenant les affaires qu'elle n'avait pas emportées à Manchester. J'avançai un peu plus loin dans la pièce. On avait laissé les rideaux ouverts et je voyais le verger, en contrebas. Le ciel était pâle, blanc ; apparemment, il ne pleuvait pas. En dessous de la fenêtre, sur l'herbe, deux oiseaux picoraient des pommes tombées. Comme je commençais à sentir le froid, je regagnai ma chambre.

« J'ai une amie qui écrit un poème sur toi », me dit Niki. Nous prenions le petit déjeuner dans la cuisine.

« Sur moi ? Quelle idée ! Pourquoi fait-elle une chose pareille ?

— Je lui ai parlé de toi et elle a décidé d'écrire un poème. Elle fait des poèmes superbes.

— Un poème sur moi ? Mais c'est absurde. De quoi va-t-elle parler ? Elle ne me connaît même pas.

— Maman, je viens de te dire que je lui avais parlé de toi. C'est extraordinaire comme elle comprend bien les gens. Elle aussi, elle en a vu de dures, tu comprends.

— Je comprends. Et quel âge a ton amie ?

— Mais tu es toujours obsédée par l'âge des gens, maman. Peu importe l'âge : ce qui compte, c'est ce qu'on a vécu. On peut arriver à cent ans sans avoir rien vécu.

— Peut-être. » Je ris et jetai un coup d'œil par la fenêtre. Dehors, la bruine commençait à tomber.

« Je lui ai tout raconté sur toi, reprit Niki. Sur papa et toi, et comment vous êtes partis du Japon. Elle était vraiment impressionnée. Elle est consciente de ce que ça représente, elle voit bien que ça n'a pas dû être aussi facile que ça en a l'air. »

Je continuai pendant un moment à contempler les fenêtres. Puis je lançai avec une certaine brusquerie : « Je suis sûre que ton amie va écrire un poème merveilleux. » Je pris une pomme dans la corbeille à fruits et je commençai à la peler avec un couteau. Niki suivait mes gestes des yeux.

« Tant de femmes, dit-elle, se retrouvent coincées avec des gamins et des maris infects, et parfaitement malheureuses. Mais elles n'arrivent pas à rassembler le courage nécessaire pour s'en sortir. Leur vie durant, elles subissent ça.

— Je vois. D'après toi, elles devraient abandonner leurs enfants, c'est ça, Niki ?

— Tu comprends très bien ce que je veux dire. C'est lamentable de voir les gens gâcher leur vie. »

Ma fille s'interrompit comme si elle s'était attendue à ce que je réponde, mais je gardai le silence.

« Ça n'a pas dû être facile, maman, de faire ce que tu as fait. Tu devrais être fière d'avoir mené ta vie comme tu l'as menée. »

Je pelais toujours ma pomme. Lorsque j'eus terminé, je m'essuyai les doigts avec ma serviette.

« C'est ce que pensent tous mes amis, dit Niki. Ceux à qui j'en ai parlé, en tout cas.

— Je suis très flattée. Remercie de ma part tes charmants amis.

— J'avais envie de le dire, c'est tout.

— Eh bien, tu t'es exprimée tout à fait claire-ment. »

Peut-être n'aurais-je pas dû être aussi sèche avec elle, ce matin-là ; mais il était présomp-tueux de la part de Niki de croire qu'en ce do-maine, j'avais besoin d'être rassurée. Elle n'avait, de plus, qu'une vague idée de ce qui s'était passé à la fin, à Nagasaki. Je suppose qu'elle s'était fait une image de cette période d'après ce que son père lui avait raconté. Ce tableau ne pouvait manquer de comporter des inexactitudes. En ef-fet, malgré les articles remarquables qu'il a écrits sur le Japon, mon mari n'a, en réalité, jamais compris nos mœurs et notre culture, et encore moins un homme comme Jiro. Je ne saurais pré-tendre avoir gardé de Jiro un souvenir affec-tueux, mais il n'a jamais été le goujat pour lequel mon mari le prenait. Jiro travaillait dur pour remplir ses obligations vis-à-vis de la fa-mille et il comptait sur moi pour en faire autant ; selon ses propres critères, il faisait bien son devoir de mari. Il est certain que, pendant les sept ans où il a connu sa fille, il a été pour elle un bon père. J'ai pu me convaincre de bien des choses au cours de ces ultimes journées, mais je n'ai jamais prétendu qu'il ne manquerait pas à Keiko.

Mais tout cela est bien loin dans le passé, et je ne veux pas recommencer encore à y réfléchir. Les motifs que j'avais de quitter le Japon étaient fondés, et je sais que j'ai toujours pris profondément à cœur les intérêts de Keiko. Il n'y a rien à gagner à revenir à nouveau là-dessus.

Il y avait un moment que je taillais les plantes en pots qui garnissent le rebord de la fenêtre lorsque je m'aperçus que Niki était devenue bien silencieuse. Je me tournai vers elle : debout devant la cheminée, elle regardait par la fenêtre, au-delà de moi, dans le jardin. Je me retournai pour chercher à suivre la direction de son regard ; malgré la buée qui recouvrait la vitre, le jardin restait tout à fait visible. Niki, apparemment, s'intéressait à un endroit, près de la haie, où la pluie et le vent avaient mis en désordre les rames qui soutenaient les jeunes plants de tomates.

« Je crois que pour cette année, les tomates sont perdues, dis-je. Je les ai vraiment négligées. »

J'examinais encore les rames de tomates lorsque j'entendis le bruit d'un tiroir qu'on ouvre ; me tournant à nouveau, je constatai que Niki continuait ses recherches. Elle avait décidé, après le petit déjeuner, de lire tous les articles de son père, et elle avait passé une bonne partie de la matinée à fouiller tous les tiroirs et toutes les bibliothèques de la maison.

Pendant quelques minutes, je continuai à m'occuper de mes plantes en pots ; il y en avait un grand nombre, qui encombraient le rebord de la fenêtre. Derrière moi, j'entendais Niki remuer le contenu des tiroirs. Puis elle s'immobilisa à nouveau ; je me tournai vers elle et vis qu'elle plongeait encore une fois son regard dans le jardin, au-delà de moi.

« Je crois que maintenant, je vais aller m'occuper des poissons rouges, dit-elle.

— Des poissons rouges ? »

Sans répondre, Niki quitta la pièce, et un instant plus tard je la vis traverser la pelouse à grands pas. J'essuyai un coin de vitre pour mieux la regarder. Niki marcha jusqu'au fond du jardin, vers le bassin, au milieu de la rocaille. Elle y versa de l'aliment, et resta là quelques secondes, contemplant le bassin. Je la voyais de profil ; elle paraissait très maigre, et malgré ses vêtements à la mode, sa silhouette gardait un aspect indéniablement enfantin. Je regardai le vent lui ébouriffer les cheveux et me demandai pourquoi elle était sortie sans passer une veste.

En revenant, elle s'arrêta près des plants de tomates, et malgré la bruine drue, elle resta un moment à les examiner. Puis elle s'en approcha, et se mit avec beaucoup de soin à redresser les rames. Elle releva celles qui étaient complètement tombées, puis, fléchissant les genoux jusqu'à leur faire presque toucher l'herbe humide, remit en place le filet que j'avais tendu au-dessus du sol pour protéger les plants des oiseaux pillards.

« Merci, Niki, lui dis-je quand elle revint. Tu es très gentille d'y avoir pensé. »

Elle marmonna quelque chose et s'assit sur le canapé. Je remarquai que tout à coup, elle paraissait mal à l'aise.

« Je ne me suis vraiment pas bien occupée de ces tomates, cette année, poursuivis-je. Enfin, peut-être que ça n'a pas vraiment d'importance. Maintenant, je ne sais plus quoi faire de toutes ces tomates. L'année dernière, je les ai presque toutes données aux Morrison.

« Mon Dieu, dit Niki, les Morrison. Et comment vont ces chers vieux Morrison ?

— Niki, les Morrison sont très gentils. Je n'ai jamais compris pourquoi tu éprouvais le besoin d'être aussi caustique. Autrefois, toi et Cathy, vous étiez les meilleures amies du monde.

— Ah oui, Cathy. Que devient-elle ? Elle habite toujours chez ses parents, j'imagine ?

— Mais oui. Elle travaille dans une banque, maintenant.

— Ça ne m'étonne pas d'elle.

— Il me semble que c'est une activité parfaitement raisonnable pour quelqu'un de son âge. Et tu sais que Marilyn est mariée, maintenant ?

— Ah bon ? Et qui a-t-elle épousé ?

— Je ne me rappelle pas ce que fait son mari. Je l'ai rencontré une fois. Il avait l'air très sympathique.

— Je suppose que c'est un pasteur, ou quelque chose dans ce goût-là.

— Écoute, Niki, je ne vois vraiment pas pourquoi tu prends ce ton. Les Morrison ont toujours été très gentils avec nous. »

Niki soupira impatiemment. « C'est leur façon de vivre. Ça me rend malade. Regarde comment ils ont élevé leurs gosses.

— Mais tu les as à peine vus depuis des années.

— Je les voyais assez souvent quand je fréquentais Cathy. Ce genre de personnes, il n'y a rien à en attendre. Enfin, c'est vraiment dommage pour Cathy.

— Tu lui reproches de ne pas être partie vivre à Londres comme toi ? Dis-moi, Niki, c'est ça, la largeur d'esprit dont vous êtes si fiers, tes amis et toi ?

— N'en parlons plus, ça n'a pas d'importance. De toute façon, tu ne comprends pas ce que je veux dire. » Elle me jeta un coup d'œil, puis poussa un autre soupir. « Ça n'a pas d'importance », répéta-t-elle en regardant dans la direction opposée.

Je continuai à l'observer pendant un moment. Enfin, je me tournai à nouveau vers le rebord de la fenêtre, et pendant quelques minutes, je me remis à travailler en silence.

« Tu sais, Niki, dis-je un peu plus tard, je suis très contente que tu aies de bons amis avec qui tu te plais. Après tout, il faut que tu mènes ta vie à toi, maintenant. C'est bien naturel. »

Ma fille ne répondit pas. Je coulai un regard vers elle : elle lisait un des journaux qu'elle avait trouvés dans le tiroir.

« Cela m'intéresserait de rencontrer tes amis, repris-je. N'hésite pas à en amener ici, si tu le désires. »

Niki secoua la tête pour empêcher ses cheveux de lui boucher la vue et continua à lire. Une expression concentrée était apparue sur son visage.

Je revins à mes plantes, car je m'y entendais assez à déchiffrer ces signaux. Chaque fois que je témoigne d'une certaine curiosité vis-à-vis de sa vie à Londres, Niki adopte une attitude subtile, faite de silence et de solennité ; c'est sa façon de me dire que je le regretterai, si je m'obstine. Le tableau que je me fais de sa vie actuelle se fonde donc essentiellement sur des spéculations. Dans ses lettres, pourtant — Niki pense toujours très gentiment à m'écrire — elle mentionne certains faits qu'elle n'aborderait jamais dans la conversation. C'est ainsi, par exemple, que j'ai appris que son ami s'appelle David et qu'il étudie les sciences politiques dans une des facultés de Londres. Mais si, dans la conversation, je me hasarde ne serait-ce qu'à m'enquérir de sa santé, je sais que la barrière s'abaissera implacablement.

Cette volonté presque agressive de voir sa vie privée respectée me rappelle beaucoup sa sœur. Car à la vérité, mes deux filles avaient beaucoup de choses en commun, bien plus que mon mari ne l'admettait. À ses yeux, elles étaient complètement opposées ; qui plus est, il en vint à considérer que Keiko avait une nature difficile et que nous ne pouvions pas faire grand-chose pour elle. En fait, même s'il ne l'affirmait pas ouvertement, il laissait entendre que Keiko avait hérité sa personnalité de son père. Je ne m'efforçais guère de le contredire, car c'était l'explication la plus facile, puisqu'elle incriminait Jiro en nous disculpant. Bien sûr, mon mari n'avait pas connu Keiko dans les premières années de sa vie, sans quoi il aurait pu constater à quel point les deux sœurs se ressemblaient dans leur petite enfance. Elles avaient le même tempérament farouche, le même caractère possessif ; lorsqu'elles subissaient une contrariété, loin d'oublier leur colère rapidement, comme d'autres enfants, elles restaient sombres le jour durant. Et pourtant, l'une d'elles est devenue une jeune femme heureuse et assurée — je fonde tous les espoirs en l'avenir de Niki — et l'autre, après s'être enfoncée de plus en plus dans le malheur, a mis fin à ses jours. Je parviens moins facilement que mon mari à en faire grief à la nature, ou encore à Jiro. Mais aujourd'hui, tout cela n'est plus que du passé, et il n'y a pas grand-chose à gagner à revenir là-dessus, ici.

« À propos, maman, dit Niki. C'était bien toi ce matin, n'est-ce pas ?

— Ce matin ?

— J'ai entendu du bruit ce matin. Vraiment très tôt, vers quatre heures du matin.

— Je suis désolée de t'avoir dérangée. Oui, c'était moi. » Je me mis à rire. « Voyons, qui d'autre cela aurait-il pu être ? » Je continuai à rire ; pendant un moment, je ne parvins pas à m'arrêter. Niki, son journal toujours ouvert devant elle, me dévisageait. « Écoute, je suis désolée de t'avoir réveillée, Niki, dis-je, maîtrisant enfin mon rire.

— Ce n'est pas grave, je ne dormais pas. Je n'arrive pas à bien dormir, en ce moment.

— Quand je pense à toutes les histoires que tu as faites à propos des chambres. Tu devrais peut-être voir un médecin.

— Oui, je le ferai peut-être. » Niki se plongea à nouveau dans son journal.

Je posai le sécateur dont je venais de me servir et me tournai vers elle. « Tu sais, c'est bizarre. J'ai refait le même rêve, ce matin.

— Quel rêve ?

— Je te l'ai raconté hier, mais je pense que tu n'écoutais pas. J'ai de nouveau rêvé de cette petite fille.

— Quelle petite fille ?

— Celle que nous avons vue jouer sur une balançoire, l'autre jour. Quand nous avons pris le café au village. »

Niki haussa les épaules. « Ah oui, celle-là, dit-elle sans lever les yeux.

— C'est-à-dire qu'en fait, ce n'est pas du tout cette petite fille-là. C'est ce que j'ai compris ce

154

matin. On aurait dit que c'était cette petite fille, mais ce n'était pas elle. »

Niki me regarda à nouveau. Puis elle dit : « Ce que tu veux dire, je suppose, c'est que c'était elle. Keiko.

— Keiko ? » J'eus un rire bref. « Quelle drôle d'idée. Pourquoi Keiko ? Non, ça n'a rien à voir avec Keiko. »

Niki me regardait toujours d'un air dubitatif.

« C'était tout simplement une petite fille que j'ai connue autrefois, lui expliquai-je. Il y a longtemps.

— Quelle petite fille ?

— Tu ne la connais pas. Je l'ai connue il y a longtemps. »

Niki haussa à nouveau les épaules. « Je n'arrive même pas à m'endormir. Je crois que la nuit dernière, je n'ai pas dû dormir plus de quatre heures.

— C'est ennuyeux, Niki. Surtout à ton âge. Tu devrais peut-être consulter un médecin. Tu peux toujours aller voir le Dr Ferguson. »

Niki eut un de ces gestes impatients dont elle était coutumière et se remit à lire l'article de son père. Je l'observai pendant un moment.

« En fait, j'ai compris encore autre chose ce matin, repris-je. Au sujet de ce rêve. »

Ma fille ne parut pas entendre.

« Tu sais, continuai-je, la petite fille n'est pas du tout sur une balançoire. On pourrait croire, d'abord, qu'elle est sur une balançoire. Mais ce n'est pas une balançoire. »

Niki murmura quelque chose et poursuivit sa lecture.

VII

À mesure que l'été se faisait plus chaud, le terrain vague qui s'étendait devant notre immeuble devenait de plus en plus désagréable. Presque partout, le sol était desséché et craquelé, mais l'eau qui s'était accumulée pendant la saison pluvieuse stagnait dans les ornières et les cratères les plus profonds. La terre semblait engendrer des nuées d'insectes, et les moustiques, en particulier, étaient omniprésents. Dans les immeubles, on se plaignait, comme d'habitude, mais au fil des années, la colère suscitée par le terrain vague était devenue résignée, fataliste.

Cet été-là, je traversai fréquemment ce terrain pour me rendre chez Sachiko, et c'était vraiment une pénible expédition ; des insectes se prenaient dans mes cheveux, des larves et des moucherons parsemaient l'étendue craquelée. Je me souviens encore avec précision de ces trajets ; de même que les inquiétudes suscitées en moi par ma proche maternité, de même que la visite d'Ogata-San, ils contribuent aujourd'hui à distinguer des autres cet été-là. Et pourtant, par bien des aspects, cet été ressemblait à n'importe quel autre. Je passais de longs moments — comme je devais le faire au cours des années qui suivirent — à contempler d'un œil vide la vue de ma fenêtre. Par temps clair, je pouvais voir, loin au-delà des arbres qui poussaient sur l'autre berge de la rivière, une ligne de pâles collines qui se découpaient contre les nuages. Cette vue n'avait rien de déplaisant, et elle parvenait quelquefois — rare apaisement — à me soulager du vide des longs après-midi que je passais dans cet appartement.

À part la question du terrain vague, d'autres sujets préoccupaient le quartier, cet été-là. Les journaux parlaient abondamment de la fin de l'occupation, et à Tokyo, les politiciens étaient en pleine dissension. Dans les immeubles, on discutait largement de ce problème, mais avec le même genre de cynisme que celui qui teintait les propos consacrés au terrain vague. On prenait plus au sérieux les nouvelles des meurtres d'enfants qui alarmaient Nagasaki à cette époque. On avait trouvé d'abord un petit garçon, puis une fillette, tous deux assommés à mort. Quand on retrouva pendue à un arbre une troisième victime, une autre fillette, il y eut parmi les mères du voisinage une réaction proche de la panique. Certes, les crimes avaient été commis de l'autre côté de la ville, mais il est compréhensible que les gens n'aient tiré de ce fait qu'un maigre réconfort ; les enfants devinrent un spectacle rare dans la cité, en particulier le soir.

Je ne saurais dire jusqu'à quel point ces nouvelles inquiétèrent Sachiko. Il est certain qu'elle semblait laisser moins volontiers Mariko sans surveillance, mais j'imagine que cela était plutôt lié à d'autres événements survenus dans sa vie : elle avait reçu une réponse de son oncle, qui se disait prêt à l'accueillir à nouveau sous son toit, et peu après cette lettre, je remarquai un changement dans l'attitude de Sachiko à l'égard de la petite fille ; elle semblait, d'une certaine façon, plus patiente, plus calme avec l'enfant.

Sachiko s'était montrée extrêmement soulagée de recevoir la lettre de son oncle, et tout d'abord, je n'eus guère de raison de douter qu'elle allait repartir chez lui. Cependant, plus les jours passaient, plus je me mis à m'interroger sur ses intentions. Entre autres choses, je découvris quelques jours après l'arrivée de la lettre que Sachiko n'avait pas encore abordé cette question avec Mariko. Puis les semaines s'écoulèrent sans que

Sachiko fît le moindre préparatif de déménage-
ment ; qui plus est, je m'aperçus qu'elle n'avait
même pas répondu à son oncle.

Si Sachiko n'avait pas manifesté aussi peu
d'empressement à parler de la maisonnée de son
oncle, je n'aurais sans doute pas eu l'idée de
m'interroger à ce sujet. Mais son évidente réticence suscita ma curiosité, et je parvins malgré
tout à me faire une idée de la situation ; apparemment, il n'y avait pas entre Sachiko et son
oncle de parenté par le sang, mais par alliance, et
Sachiko n'avait fait la connaissance de ce parent
de son mari qu'en arrivant chez lui, quelques
mois auparavant. L'oncle était riche, et sa maison
particulièrement spacieuse n'était occupée, à part
lui, que par sa fille et une bonne ; il y avait donc
eu beaucoup de place pour Sachiko et sa petite
fille. D'ailleurs, ce fut l'un des rares détails que
j'entendis Sachiko évoquer à plusieurs reprises —
son souvenir d'une maison en grande partie vide
et silencieuse.

Je me posais en particulier beaucoup de questions sur la fille de l'oncle, qui devait être,
d'après ce que j'avais compris, une femme céliba-
taire de l'âge de Sachiko, ou à peu près. Sachiko
ne parlait pas beaucoup de sa cousine, mais je me
remémore pourtant une conversation que nous
eûmes vers cette époque. Il m'était alors venu à

l'esprit que si Sachiko montrait si peu de hâte à retourner chez son oncle, cela avait à voir avec une certaine tension entre elle et sa cousine. Ce matin-là, j'avais dû soumettre cette idée à Sachiko, sous forme d'hypothèse, car cela l'amena à parler explicitement de la période qu'elle avait passée chez son oncle, fait qui ne se reproduisit que rarement. Cette conversation me revient très distinctement ; c'était à la mi-août, par un matin aride, sans un souffle d'air, et nous attendions le tram qui devait nous emmener en ville, debout sur le pont, en haut de notre colline. Je ne me rappelle pas où nous allions ce jour-là, ni où nous avions laissé Mariko — car je me souviens que l'enfant n'était pas avec nous. Une main en visière pour s'abriter du soleil, Sachiko contemplait la vue.

« Je me demande, Etsuko, me dit-elle, où vous avez pris une idée pareille. Au contraire, nous étions les meilleures amies du monde, Yasuko et moi, et j'ai hâte de la revoir. Je ne comprends vraiment pas comment vous avez pu avoir une autre vision de nos relations, Etsuko.

— Excusez-moi ; j'ai dû me tromper. Pour une raison ou une autre, j'avais l'impression que vous hésitiez à retourner là-bas.

— Pas du tout, Etsuko. Quand nous avons fait connaissance, il est vrai que j'envisageais

161

d'autres possibilités. Mais peut-on reprocher à une mère d'envisager les diverses options qui s'offrent à son enfant ? Il s'est trouvé que pendant un temps, une voie intéressante semblait s'ouvrir à nous. Mais après mûre réflexion, je l'ai rejetée. Voilà toute l'affaire, Etsuko. Désormais, je ne m'intéresse plus aux autres projets que l'on m'avait suggérés. Je me réjouis que la situation ait pris cette excellente tournure, et j'ai hâte de retourner chez mon oncle. Quant à Yasuko-San, nous avons l'une pour l'autre la plus grande estime. Je ne comprends pas ce qui a pu vous donner une autre idée de nos relations, Etsuko.

— Je vous demande pardon. Mais il m'a semblé qu'une fois, vous aviez fait allusion à une dispute.

— Une dispute ? » L'espace d'une seconde, elle me regarda, puis un sourire éclaira son visage. « Ah, je comprends maintenant de quoi vous voulez parler. Non, Etsuko, ce n'était pas une dispute. Ce n'était qu'un petit accrochage anodin. De quoi donc était-il question ? Voyez, je ne m'en souviens pas, tellement cela avait peu d'importance. Ah oui, c'est cela, nous n'étions pas d'accord sur celle d'entre nous qui préparerait le dîner. Mais oui, ce n'était que ça. Voyez-vous, Etsuko, nous alternions. Un soir, c'était la bonne qui faisait la cuisine, le lendemain c'était ma cousine, puis venait mon tour. La bonne s'est trouvée malade un soir où c'était son tour, et Yasuko et moi, nous voulions toutes les deux faire la cuisine. Ne vous y méprenez pas, Etsuko : en général, nous nous entendions très bien. Mais il est vrai que lorsqu'on voit beaucoup une personne, et une seule, de petites choses prennent parfois une importance disproportionnée.

— Oui, je comprends parfaitement. Je vous prie d'excuser mon erreur.

— Voyez-vous, Etsuko, quand on a une bonne pour prendre en charge tous les petits travaux, le temps s'écoule avec une lenteur étonnante. Nous nous efforcions, Yasuko et moi, de trouver des occupations, mais en réalité, nous n'avions pas grand-chose d'autre à faire que de rester assises toute la journée à bavarder. Pendant tous ces mois que nous avons passés ensemble dans cette maison, c'est à peine si nous avons vu quelqu'un de l'extérieur. Il est surprenant que nous ne nous soyons pas réellement disputées. Je veux dire, sérieusement.

— En effet. Visiblement, j'avais mal interprété vos paroles.

— Mais oui, Etsuko, je le crois. Si j'avais évoqué cet incident, c'est qu'il s'était produit juste avant notre départ, et que depuis, je n'ai pas revu ma cousine. Mais il est absurde d'appeler cela

163

une dispute. » Elle rit. « En fait, Yasuko elle-même doit en rire, si elle y pense. »

Ce fut peut-être en cette même matinée que nous prîmes la décision de partir toute une journée en promenade ensemble, avant le départ de Sachiko. Et en effet, peu de temps après, par un chaud après-midi, j'accompagnai à Inasa Sachiko et sa fille. Les collines d'Inasa, qui dominent le port de Nagasaki, sont renommées pour leurs paysages de montagne ; elles ne se trouvaient pas très loin de chez nous — en fait, c'étaient ces mêmes collines d'Inasa que je voyais de la fenêtre de mon appartement — mais en ce temps-là, il m'arrivait rarement de faire la moindre promenade, et l'excursion à Inasa me parut un véritable voyage. Pendant des jours, je m'en souviens, je l'attendis avec impatience ; et je crois que c'est un des meilleurs souvenirs que m'ait laissés cette période.

Nous prîmes le ferry jusqu'à Inasa au cœur de l'après-midi. Les bruits du port nous escortèrent pendant toute la traversée : le fracas des marteaux, la plainte des machines, et parfois le grondement sourd de la sirène d'un bateau. Mais en ce temps-là, à Nagasaki, ce genre de bruits n'avaient rien de désagréable ; c'étaient les bruits du retour à la vie, et ils avaient encore, à l'époque, quelque chose de stimulant et de joyeux.

Une fois la traversée achevée, le vent de mer parut souffler plus librement et l'atmosphère devint moins suffocante. Les bruits du port, apportés par le vent, nous suivirent jusqu'à l'embarcadère du téléférique, où nous nous assîmes sur un banc. La brise était la bienvenue, d'autant plus que l'embarcadère n'offrait guère de protection contre le soleil ; ce n'était qu'une aire cimentée, à ciel ouvert, que peuplaient surtout, ce jour-là, des enfants accompagnés de leurs mères, ce qui lui donnait l'aspect d'une cour de récréation. Sur l'un des côtés, au-delà de tout un ensemble de tourniquets, on voyait les plates-formes en bois sur lesquelles les cabines du téléférique venaient se poser. Nous restâmes là un long moment, fascinées par le spectacle des cabines qui montaient et descendaient ; on en voyait une s'élever dans les arbres et se transformer peu à peu en un point minuscule se détachant sur le ciel, pendant que sa compagne s'abaissait jusqu'à nous en grossissant, pour venir enfin s'arrêter bruyamment sur la plate-forme. Dans une petite cabane près des tourniquets, un homme actionnait des leviers ; il portait une casquette, et dès que chaque cabine était arrivée à bon port, il se penchait au-dehors et bavardait avec une bande d'enfants qui s'étaient attroupés pour observer la manœuvre.

La première de nos rencontres avec l'Américaine résulta, ce jour-là, de notre décision de prendre le téléférique jusqu'au sommet de la colline. Sachiko et sa fille étaient parties acheter les billets, et je restai donc seule pendant un moment, assise sur le banc. Je remarquai alors, de l'autre côté de l'aire cimentée, un petit éventaire où l'on vendait des bonbons et des jouets. Pensant acheter une friandise à Mariko, je me levai et marchai jusqu'à l'étalage. Il y avait devant moi deux enfants qui discutaient de ce qu'ils allaient acheter. Pendant que je les attendais, je remarquai parmi les jouets une paire de jumelles en plastique. Les enfants continuaient à se disputer, et je jetai un coup d'œil de l'autre côté de l'embarcadère. Sachiko et Mariko étaient toujours près des tourniquets ; apparemment, Sachiko conversait avec deux femmes.

« Puis-je vous aider, madame ? »

Les enfants étaient partis. Un jeune homme, vêtu d'un uniforme d'été impeccable, se tenait derrière l'éventaire.

« Puis-je les essayer ? » Je montrai du doigt les jumelles.

« Mais certainement, madame. Ce n'est qu'un jouet, mais assez efficace. »

Je tins les jumelles devant mes yeux et regardai dans la direction de la pente ; elles étaient étonnamment puissantes. Je me tournai vers l'embarcadère et parvins à repérer Sachiko et sa fille. Ce jour-là, Sachiko avait mis un kimono de couleur claire noué d'une élégante ceinture, costume dont je soupçonnai qu'elle le réservait pour les grandes occasions ; la grâce de sa silhouette la distinguait parmi la foule. Elle parlait encore avec les deux femmes, dont l'une paraissait étrangère.

« Voilà encore une chaude journée, madame, dit le jeune homme tandis que je lui payais mon emplette. Comptez-vous prendre le téléférique ?

— Oui, nous allons le faire.

— La vue est magnifique. Voyez le relais de télévision que nous construisons au sommet. L'année prochaine, le téléférique va monter jusqu'à la cime, tout là-haut.

— C'est merveilleux. Bonne journée à vous.

— Merci, madame. »

Munie des jumelles, je traversai l'aire cimentée. En ce temps-là, je ne comprenais pas l'anglais, mais je devinai tout de suite que l'étrangère était américaine. Elle était grande, avec des cheveux roux ondulés et des lunettes aux montures pointues. Elle s'adressait à Sachiko d'une voix sonore ; je fus frappée par l'aisance avec laquelle

Sachiko répondait en anglais. L'autre femme était japonaise ; son visage était particulièrement potelé, et elle paraissait avoir la quarantaine. Elle était flanquée d'un petit garçon grassouillet de huit ou neuf ans. En arrivant près d'eux, je m'inclinai, leur souhaitai une bonne journée, et tendis les jumelles à Mariko.

« Ce n'est qu'un jouet, lui dis-je. Mais ça te permettra de voir une ou deux choses. »

Mariko ouvrit l'emballage et examina les jumelles avec gravité. Elle les mit devant ses yeux et regarda d'abord tout autour de l'embarcadère, puis dans la direction de la colline.

« Dis merci, Mariko », ordonna Sachiko.

Mariko continuait à regarder par les jumelles. Puis elle les écarta de son visage et se passa la lanière en plastique autour du cou.

« Merci, Etsuko-San », dit-elle avec un peu de réticence.

L'Américaine montra les jumelles, dit quelque chose en anglais et éclata de rire. Le jouet avait également attiré l'attention du garçon grassouillet, qui avait jusqu'alors observé la colline et la cabine descendante. Il s'avança vers Mariko, les yeux braqués vers les jumelles.

« C'est très gentil à vous, Etsuko, me dit Sachiko.

— Mais pas du tout. Ce n'est qu'un jouet. »

168

Le téléférique arrivait ; nous passâmes les tourniquets, avançant sur le plancher de bois de la plateforme. Les deux femmes et le garçonnet, apparemment, allaient être les seuls autres passagers. L'homme à la casquette sortit de sa guérite et nous fit entrer un par un dans la cabine. L'intérieur était nu, dépouillé, métallique. Il y avait de grandes vitres sur tous les côtés et des banquettes le long des deux parois les plus longues.

La cabine resta encore plusieurs minutes sur la plateforme et le petit garçon grassouillet se mit à marcher de long en large avec impatience. À côté de moi, Mariko regardait par la fenêtre, à genoux sur la banquette. De ce côté-là de la cabine, nous avions vue sur l'embarcadère et sur les jeunes spectateurs attroupés devant les tourniquets. Mariko semblait tester l'efficacité de ses jumelles ; tantôt elle les tenait devant ses yeux, tantôt elle les en écartait. Puis le petit garçon grassouillet vint s'agenouiller près d'elle sur la banquette. Pendant un moment, les deux enfants s'ignorèrent. Le petit garçon dit enfin :

« Je veux regarder, moi. » Il tendit la main vers les jumelles. Mariko lui jeta un regard froid.

« Akira, ne demande pas comme ça, dit sa mère. Demande gentiment à la petite demoiselle. »

Le garçonnet retira sa main et regarda Mariko. La petite fille lui rendit son regard. Le garçonnet se détourna et alla vers une autre fenêtre.

Les enfants, près du tourniquet, agitèrent la main lorsque la cabine s'ébranla. Instinctivement, je saisis la barre métallique qui courait le long de la fenêtre ; l'Américaine poussa un cri nerveux et rit. L'embarcadère rapetissait, et le flanc de la colline se mit à bouger en dessous de nous ; la cabine se balançait doucement à mesure que nous montions. À ce moment, la cime des arbres sembla frôler les vitres, puis, brusquement, une vaste trouée s'ouvrit en dessous de nous : nous étions suspendus dans le ciel. Sachiko rit doucement et montra quelque chose par la fenêtre. Mariko regardait toujours dans ses jumelles.

Le téléférique acheva son ascension et nous sortîmes un par un, avec prudence, comme si nous doutions d'être arrivés sur la terre ferme. La station supérieure n'était pas pourvue d'une aire cimentée, et nous quittâmes la plate-forme de bois pour nous retrouver dans une petite prairie herbue. À part l'homme en uniforme qui nous avait fait sortir, il n'y avait personne en vue. Au fond de la prairie, et déjà presque dans les pins, il y avait plusieurs tables en bois pour le pique-nique. Plus près de nous, la limite de la clairière où nous avions débarqué était marquée par une clôture métallique, qui nous séparait de l'arête d'un escarpement. Dès que nous fûmes un peu moins désorientées, nous nous aventurâmes jusqu'à la clôture, d'où le regard plongeait vers la vallée. Au bout d'un moment, les deux femmes et le petit garçon nous rejoignirent.

« Cela coupe le souffle, n'est-ce pas ? me dit la Japonaise. Je veux montrer à mon amie tous les endroits intéressants. C'est son premier séjour au Japon.

— Je vois. J'espère qu'elle se plaît ici.

— Je l'espère. Malheureusement, je ne comprends pas très bien l'anglais. Votre amie a l'air de le parler beaucoup mieux que moi.

— Oui, elle le parle très bien. »

Nous jetâmes un coup d'œil à Sachiko. Elle avait recommencé à causer en anglais avec l'Américaine.

« Comme c'est bien d'être aussi instruit, me dit la femme. Eh bien, j'espère que vous allez passer une bonne journée. »

Nous nous inclinâmes l'une vers l'autre, puis la femme fit signe à son invitée américaine pour lui suggérer de continuer leur promenade.

« S'il te plaît, je peux regarder », dit le petit garçon grassouillet d'une voix coléreuse. Il avançait à nouveau la main. Mariko le fixa droit dans les yeux, comme elle l'avait fait dans le téléférique.

171

« Je veux voir. » Le ton du petit garçon devenait furieux.

« Akira, souviens-toi de parler gentiment à la
petite demoiselle.

— S'il te plaît ! Je veux voir. »

Mariko le regarda pendant encore une seconde, puis elle fit glisser la lanière en plastique
au-dessus de sa tête et tendit les jumelles au petit
garçon. Il les plaça devant ses yeux et regarda un
moment par-delà la clôture.

« Elles ne valent rien, dit-il enfin en se tournant vers sa mère. Elles sont beaucoup moins
bonnes que les miennes. Regarde, maman : ces
arbres, là-bas, on n'arrive même pas à les voir
comme il faut. Tiens, regarde. »

Il tendit les jumelles à sa mère. Mariko essaya
de les reprendre, mais le petit garçon les retira
d'un geste brusque et les proposa de nouveau à la
femme.

« Essaye-les, maman. On n'arrive même pas à
voir ces arbres, ceux qui sont tout près.

— Akira, rends-les à la petite demoiselle,
maintenant.

— Elles sont beaucoup moins bonnes que les
miennes.

— Allons, Akira, il ne faut pas dire ça, ce n'est
pas gentil. Tu sais bien que tout le monde n'a
pas autant de chance que toi. »

Mariko tendit la main vers les jumelles, et cette fois-ci, le petit garçon la laissa faire.

« Dis merci à la petite demoiselle », ordonna sa mère.

Le garçonnet resta muet et tourna les talons. La mère eut un petit rire.

« Merci beaucoup, dit-elle à Mariko. Vous avez été très aimable. » Elle sourit alors tour à tour à Sachiko, puis à moi. « C'est un paysage magnifique, n'est-ce pas ? dit-elle. Je vous souhaite une excellente journée. »

Le sentier, couvert d'aiguilles de pin, montait en zigzag à flanc de montagne. Nous marchions d'un pas tranquille, en marquant de nombreuses pauses. Mariko était calme, et je constatai avec surprise qu'elle ne semblait pas avoir l'intention de mal se conduire. Elle manifestait pourtant une curieuse répugnance à marcher à côté de sa mère et de moi. Tantôt elle traînait en arrière, et nous faisait jeter des regards anxieux par-dessus notre épaule ; tantôt elle courait pour nous dépasser et marcher en avant de nous.

Notre deuxième rencontre avec l'Américaine eut lieu environ une heure après que nous eûmes quitté le téléférique. Elle redescendait le sentier avec sa compagne ; en nous reconnaissant, elles nous saluèrent gaiement. Le petit garçon grassouillet les suivait ; il nous ignora. En nous croisant, l'Américaine lança une phrase en anglais à Sachiko, et rit bruyamment lorsque Sachiko lui répondit. Apparemment, elle avait envie de s'arrêter pour bavarder, mais la Japonaise et son fils ne ralentirent pas l'allure ; l'Américaine agita la main et continua sa marche.

Lorsque je félicitai Sachiko de sa maîtrise de l'anglais, elle rit sans rien dire. Je remarquai que la rencontre avait eu sur elle un effet curieux. Elle devint silencieuse, et continua à marcher près de moi comme si elle avait été perdue dans ses pensées. Enfin, Mariko s'étant à nouveau élancée au-devant de nous, elle me dit :

« Mon père était un homme extrêmement respecté, Etsuko. Oui, il était extrêmement respecté. Mais en raison de ses relations avec l'étranger, ma demande en mariage faillit être annulée. » Elle eut un léger sourire et secoua la tête. « Comme c'est étrange, Etsuko. On croirait que tout cela s'est passé il y a un siècle.

— Oui, répondis-je. Tant de choses ont changé. »

Après un tournant prononcé, le sentier grimpait à nouveau. Les arbres s'écartèrent, et tout à coup, le ciel parut immense tout autour de nous. Loin devant, Mariko cria et montra quelque chose du doigt. Puis elle partit au pas de course, surexcitée.

« Je ne voyais pas beaucoup mon père, reprit Sachiko. Il était très souvent à l'étranger, soit en Europe, soit en Amérique. Quand j'étais jeune, je rêvais d'aller un jour en Amérique ; j'irais là-bas et je deviendrais actrice de cinéma. Ma mère se moquait toujours de moi. Mais mon père me disait que si j'étudiais bien l'anglais, je pourrais facilement devenir femme d'affaires. J'avais du plaisir à étudier l'anglais. »

Mariko s'était arrêtée à un endroit qui ressemblait à un plateau. Elle nous cria à nouveau quelque chose.

« Je me rappelle, continua Sachiko, qu'une fois, mon père m'avait rapporté un livre d'Amérique, le texte anglais du *Cantique de Noël*. Et c'est devenu une sorte d'ambition pour moi, Etsuko. Je voulais apprendre l'anglais assez bien pour lire ce livre. Malheureusement, je n'en ai jamais eu la possibilité. Quand je me suis mariée, mon mari m'a interdit de continuer à étudier. En fait, il m'a forcée à jeter ce livre.

— C'est un peu dommage, il me semble, dis-je.

— Mon mari était comme ça, Etsuko. Très strict, et très patriote. Ce n'était pas le plus attentionné des hommes. Mais il venait d'une famille d'un rang très élevé et mes parents estimaient que c'était un bon mariage. Je n'ai pas protesté quand il m'a interdit d'étudier l'anglais. Après tout, cela ne semblait plus avoir grand sens. »

Nous atteignîmes l'endroit où se tenait Mariko ; c'était une esplanade carrée, délimitée par plusieurs gros rochers, qui faisait saillie au bord du sentier. Un épais tronc d'arbre, tombé sur le flanc, et dont le dessus avait été aplani et poli, servait maintenant de banc. Nous nous y assîmes, Sachiko et moi, pour retrouver notre souffle.

« Ne va pas trop près du bord, Mariko », lança Sachiko. La petite fille avait marché jusqu'aux rochers et regardait la vue à travers ses jumelles.

Il y avait un certain sentiment de précarité à être ainsi perché au bord de la montagne, à dominer une telle vue : loin en dessous de nous, on pouvait voir le port, semblable à une grosse machine posée sur l'eau. En face du port, sur l'autre rive, s'échelonnaient les collines qui menaient à Nagasaki. Au pied des collines, le terrain était occupé par des constructions de toute sorte. Au loin, sur notre droite, le port s'ouvrait sur la mer.

Nous restâmes assises un moment, retrouvant notre souffle et savourant la brise. Enfin, je dis à Sachiko :

« On croirait qu'il ne s'est jamais rien passé ici, n'est-ce pas ? Tout a l'air si plein de vie. Mais toute cette zone, là-bas — je désignai la vue d'un

geste de la main — toute cette zone a terriblement souffert quand la bombe est tombée. Et
pourtant, regardez-la, maintenant. »

Sachiko approuva de la tête, puis se tourna
vers moi en souriant : « Comme vous êtes
joyeuse aujourd'hui, Etsuko, me dit-elle.

— Mais cela fait tant de bien de venir ici.
Aujourd'hui, j'ai décidé d'être optimiste. Je suis
résolue à avoir un avenir heureux. Mme Fujiwara
me répète toujours qu'il est important de regarder en avant. Et elle a raison. Si les gens ne
l'avaient pas fait, tout ceci — j'indiquai à nouveau le paysage en dessous de nous — tout ceci
serait encore à l'état de ruines. »

Sachiko sourit à nouveau. « Oui, vous avez raison, Etsuko. Ce ne seraient que des ruines. » Elle
continua quelque temps à regarder la vue. « À
propos, Etsuko, dit-elle au bout d'un moment,
votre amie, Mme Fujiwara. Elle a perdu sa famille pendant la guerre, je suppose ? »

J'acquiesçai. « Elle avait cinq enfants. Et son
mari était quelqu'un d'important, à Nagasaki.
Quand la bombe est tombée, ils sont tous morts,
sauf son fils aîné. Cela a dû être un coup terrible
pour elle — mais elle n'a pas baissé les bras.

— Oui. » Sachiko hocha lentement la tête.
« Je pensais bien qu'il s'était passé quelque chose

177

de ce genre. Et elle a toujours tenu ce commerce de nouilles ?

— Bien sûr que non. Son mari était quelqu'un d'important. Cela, c'est venu après, après qu'elle eut tout perdu. Chaque fois que je la vois, je me dis qu'il faut que je sois comme elle, que je persiste à regarder en avant. C'est que par bien des côtés, elle a subi une perte plus lourde que la mienne. Regardez-moi, après tout : je suis sur le point de fonder une famille.

— Oui, vous avez tout à fait raison. » Le vent avait dérangé les cheveux soigneusement coiffés de Sachiko. Elle y passa la main, puis respira profondément. « Comme vous avez raison, Etsuko : nous ne devons plus penser au passé. Pour moi, la guerre a détruit bien des choses, mais j'ai toujours ma fille. Comme vous dites, nous devons persister à regarder en avant.

— Vous savez, repris-je, il n'y a pas longtemps — quelques jours, tout au plus — que je commence à me représenter ce que cela va être. D'avoir un enfant, je veux dire. J'ai beaucoup moins peur maintenant. Je vais attendre l'événement avec espoir. Désormais, je serai optimiste.

— C'est ce qu'il faut, Etsuko. Après tout, vous avez toutes les raisons d'espérer. En fait, vous vous en apercevrez bien vite, c'est d'être une mère qui donne vraiment un sens à la vie. Que m'importe que la vie soit un peu ennuyeuse chez mon oncle ? Tout ce que je veux, c'est que ma fille ait ce qu'il y a de mieux. Nous lui trouverons les meilleurs précepteurs, et elle rattrapera sa scolarité en un rien de temps. Comme vous dites, Etsuko, nous devons nous tourner vers l'avenir.

— Comme je suis heureuse que vous ayez ce point de vue, dis-je. En fait, nous devrions toutes deux être reconnaissantes. La guerre a beau nous avoir infligé de dures pertes, nous avons encore bien des choses à espérer.

— Oui, Etsuko. Il y a bien des choses à espérer. »

Mariko s'approcha de nous. Peut-être avait-elle surpris une partie de notre conversation, car elle me dit :

« Nous allons de nouveau vivre avec Yasuko-San. Est-ce que maman vous l'a dit ?

— Oui, elle me l'a dit. Tu es contente de retourner là-bas, Mariko-San ?

— Peut-être que maintenant, nous allons pouvoir garder les chatons, dit la petite fille. Il y a beaucoup de place chez Yasuko-San.

— Nous verrons, Mariko », dit Sachiko.

Mariko regarda sa mère pendant un instant. Puis elle dit : « Mais Yasuko-San aime les chats. D'ailleurs, Maru était la chatte de Yasuko-San avant que nous la prenions. Alors les chatons aussi sont à elle.

— Oui, Mariko, mais il faudra voir. Il faudra voir ce qu'en dit le père de Yasuko-San. »

La petite fille dévisagea sa mère d'un air boudeur, puis se tourna à nouveau vers moi. « Nous pourrons peut-être les garder », dit-elle avec gravité.

Vers la fin de l'après-midi, nous nous retrouvâmes dans la clairière où nous avions débarqué du téléférique. Nous avions encore quelques biscuits et du chocolat dans nos paniers-repas, et nous nous assîmes à une des tables à pique-nique pour prendre une collation. À l'autre bout de la clairière, un petit groupe de gens étaient rassemblés près de la clôture métallique, attendant le téléférique qui les remmènerait en bas de la montagne.

Il y avait plusieurs minutes que nous étions assises devant la table à pique-nique lorsqu'une voix nous fit lever la tête. L'Américaine traversait à grands pas la clairière, un large sourire sur le visage. Sans manifester la moindre réserve, elle vint s'asseoir à notre table, sourit tour à tour à chacune de nous et s'adressa à Sachiko en anglais. J'imagine qu'elle se réjouissait d'avoir l'occasion de communiquer autrement que par gestes. Je jetai un coup d'œil circulaire et repérai, non loin de là, la Japonaise qui passait une veste à son fils. Elle ne semblait pas rechercher notre compagnie avec autant d'enthousiasme, mais elle vint finalement elle aussi vers notre table, le sourire aux lèvres. Elle s'assit en face de moi, et lorsque son fils s'assit à côté d'elle, je vis jusqu'à quel point la mère et l'enfant partageaient les mêmes traits potelés ; leurs joues, en particulier, étaient à la fois charnues et flasques, un peu comme chez les bouledogues. Pendant tout ce temps, l'Américaine n'avait cessé de parler à Sachiko d'une voix sonore.

À l'arrivée des étrangers, Mariko avait ouvert son carnet de croquis et s'était mise à dessiner. La femme au visage grassouillet, après avoir échangé avec moi quelques remarques plaisantes, se tourna vers la petite fille.

« Tu as passé une bonne journée ? demanda-t-elle à Mariko. C'est très joli là-haut, n'est-ce pas ? »

Mariko continua à crayonner sa page sans lever le nez. Mais la femme ne parut pas découragée le moins du monde.

« Et qu'est-ce que tu dessines là ? demanda-t-elle. Ça m'a l'air très joli. »

Cette fois, Mariko cessa de dessiner et regarda la femme avec froideur.

« Ça a l'air tout à fait joli. On peut voir ? » La femme tendit le bras et prit le carnet. « Regarde comme c'est joli, Akira, dit-elle à son fils. Elle se débrouille bien, la petite demoiselle. »

Le garçonnet se pencha par-dessus la table pour mieux voir. Il examina le dessin avec intérêt, mais resta muet.

« Tout ça est vraiment très joli. » La femme feuilletait le carnet. « Tu les as tous faits aujourd'hui ? »

Mariko resta un instant silencieuse. Puis elle dit : « Les crayons sont neufs. Nous les avons achetés ce matin. C'est plus difficile avec des crayons neufs.

— Je comprends. Oui, les crayons neufs sont plus durs, n'est-ce pas ? Akira dessine, lui aussi, n'est-ce pas, Akira ?

— C'est facile de dessiner, dit le petit garçon.

— Ce sont de jolis petits dessins, n'est-ce pas, Akira ? »

Mariko indiqua la page où était ouvert le carnet. « Celui-ci ne me plaît pas. Les crayons n'étaient pas assez usés. Celui de la page suivante est meilleur.

— Ah oui. Il est ravissant, celui-là !

— Je l'ai fait en bas, au port. Mais il y avait du bruit, là-bas, et il faisait chaud, alors je me suis dépêchée.

— Mais il est très beau. Tu aimes dessiner ?

— Oui. »

Sachiko et l'Américaine s'étaient toutes deux tournées vers le carnet de croquis. L'Américaine montra du doigt le dessin et répéta plusieurs fois d'une voix sonore le mot japonais qui veut dire « délicieux ».

« Et là, qu'est-ce que c'est ? » continuait la femme au visage grassouillet. « Un papillon ! Ça a dû être très difficile de le dessiner aussi bien. Il n'est sûrement pas resté immobile très longtemps.

— Je l'ai fait de mémoire, expliqua Mariko. J'en avais vu un avant. »

La femme hocha la tête et se tourna vers Sachiko. « Comme votre fille est intelligente. Il me paraît très louable, de la part d'un enfant, de se servir de sa mémoire et de son imagination. À cet âge-là, bien des enfants se contentent de recopier les livres.

— Oui, dit Sachiko. Sûrement. »

Je fus un peu étonnée de la sécheresse de son ton, car auparavant, elle avait parlé à l'Américaine de sa voix la plus aimable. Le petit garçon grassouillet se pencha encore un peu plus par-dessus la table et posa son doigt sur la page.

« Ces bateaux sont beaucoup trop gros, dit-il. Si ça, c'est censé être un arbre, les bateaux devraient être bien plus petits. »

Sa mère réfléchit pendant un instant à cette remarque. « Oui, peut-être, dit-elle enfin. Mais c'est quand même un ravissant petit dessin. Tu ne trouves pas, Akira ?

— Les bateaux sont bien trop gros », répéta le garçonnet.

La femme rit. « Il faut excuser Akira, dit-elle à Sachiko. Mais voyez-vous, il a un professeur de dessin tout à fait remarquable, ce qui fait qu'il s'y connaît beaucoup mieux en la matière que la plupart des enfants de son âge. Votre fille a-t-elle un professeur de dessin ?

— Non, elle n'en a pas. » À nouveau, le ton de Sachiko était indéniablement froid. Mais la femme ne sembla rien remarquer.

« Ce n'est pas du tout une mauvaise idée, poursuivit-elle. Au début, mon mari était contre. Il trouvait que cela suffisait à Akira d'avoir des leçons particulières en maths et en sciences. Mais à mon avis, le dessin a aussi son importance. Il faut que l'imagination de l'enfant se développe quand il est encore jeune. Les professeurs de l'école ont tous été d'accord avec moi. Mais c'est en maths qu'il a les meilleurs résultats. Je pense que les maths sont très importantes ; et vous ?

— Oui, en effet, dit Sachiko. C'est certainement très utile.

— Les maths affinent l'esprit de l'enfant. On constate que le plus souvent, les enfants qui sont bons en maths sont également bons dans les autres matières. Mon mari et moi, nous sommes tombés d'accord en ce qui concernait les leçons de maths. Et cela en a vraiment valu la peine. L'année dernière, Akira était toujours troisième ou quatrième de sa classe, mais cette année il a été premier tout du long.

— C'est facile, les maths », proclama le petit garçon. Puis il demanda à Mariko : « Tu connais la table de neuf ? »

Sa mère rit à nouveau. « Je suis sûre que la petite demoiselle est très forte, elle aussi. En tout cas, ses dessins sont prometteurs.

— C'est facile, les maths, répéta le petit garçon. La table de neuf, il n'y a rien de plus facile.

— Oui, Akira connaît toutes ses tables maintenant. Beaucoup d'enfants de son âge ne vont pas au-delà de la table de trois ou de quatre. Akira, combien font neuf fois cinq ?

— Neuf fois cinq font quarante-cinq !

— Et neuf fois neuf ?

— Neuf fois neuf font quatre-vingt-un !

L'Américaine posa une question à Sachiko, qui acquiesça ; elle battit des mains et répéta à nouveau le mot « délicieux » à plusieurs reprises.

« Votre fille m'a l'air d'une petite personne très éveillée, dit à Sachiko la femme au visage grassouillet. Est-ce qu'elle aime l'école ? Akira apprécie presque tout ce qu'il fait à l'école. En plus des maths et du dessin, il se débrouille très bien en géographie. Mon amie a été très étonnée de découvrir qu'Akira connaissait le nom de toutes les grandes villes d'Amérique. N'est-ce pas, Suzie-San ? » La femme se tourna vers son amie et prononça quelques mots dans un anglais hésitant. L'Américaine ne parut pas comprendre, mais adressa au garçonnet un sourire approbateur.

« Mais ce sont les maths qu'Akira préfère. N'est-ce pas, Akira ?

— Les maths, c'est facile !

— Et la petite demoiselle, qu'est-ce qu'elle préfère, à l'école ? » demanda la femme en se tournant à nouveau vers Mariko.

Mariko mit un moment à répondre. Elle dit enfin : « Moi aussi, j'aime bien les maths.

— Toi aussi, tu aimes bien les maths. C'est parfait.

— Combien ça fait, neuf fois six ? lui demanda le petit garçon d'un ton irrité.

— C'est merveilleux, n'est-ce pas, quand les enfants s'intéressent à leurs études, dit sa mère.

— Alors, combien font neuf fois six ? »

J'intervins : « Et que veut faire Akira-San quand il sera grand ?

— Akira, dis à la dame ce que tu vas devenir.

— Directeur général de la société Mitsubishi.

— C'est l'entreprise de son père, expliqua sa mère. Akira est déjà très déterminé.

— Oui, je vois, dis-je en souriant. Comme c'est bien.

— Et ton père à toi, pour qui est-ce qu'il travaille ? demanda le garçonnet à Mariko.

— Voyons, Akira, ne sois pas indiscret, ça ne se fait pas. » La femme se tourna à nouveau vers Sachiko. « Beaucoup de garçons de son âge en sont encore à dire qu'ils veulent être policiers ou pompiers. Mais Akira voulait déjà travailler pour Mitsubishi quand il était bien plus jeune.

— Et ton père à toi, pour qui est-ce qu'il travaille ? » insista le petit garçon. Cette fois-ci, sa mère, au lieu de s'interposer, regarda Mariko d'un air intrigué.

« Il est gardien de zoo », répondit Mariko.

L'espace d'un instant, personne ne dit mot. Chose curieuse, cette réponse sembla décontenancer le garçonnet, qui se rassit sur le banc, la mine boudeuse. Sa mère dit alors d'un ton un peu indécis :

« Quel métier intéressant. Nous aimons beaucoup les animaux. Est-ce que le zoo de votre mari est près d'ici ? »

Avant que Sachiko ait pu répondre, Mariko dégringola bruyamment du banc. Sans un mot, elle s'éloigna dans la direction d'un bouquet d'arbres tout proche. Pendant un moment, nous la suivîmes tous des yeux.

« C'est votre aînée ? demanda la femme à Sachiko.

— Je n'en ai pas d'autres.

— Ah oui, je vois. En fait, ce n'est pas une mauvaise chose. L'enfant devient ainsi plus indépendant. Je crois que souvent, de surcroît, l'enfant travaille plus dur. Il y a six ans de différence entre celui-ci — elle posa la main sur la tête du petit garçon — et l'aîné. »

L'Américaine poussa une exclamation retentissante et battit des mains. Mariko grimpait à un arbre ; elle progressait à un rythme régulier. La femme au visage grassouillet se tourna sur son siège et leva les yeux vers Mariko avec une expression soucieuse.

« Votre fille est vraiment un garçon manqué », dit-elle.

L'Américaine répéta avec ravissement les mots « garçon manqué » et battit des mains à nouveau.

« N'est-ce pas dangereux ? demanda la femme au visage grassouillet. Elle pourrait tomber. »

Sachiko sourit, et son attitude à l'égard de la femme parut soudain plus chaleureuse. « Vous n'avez pas l'habitude de voir les enfants grimper aux arbres ? » demanda-t-elle.

La femme continuait à regarder Mariko avec inquiétude. « Êtes-vous sûre qu'il n'y a pas de risque ? Et si une branche casse ? »

Sachiko rit. « Je suis sûre que ma fille sait ce qu'elle fait. Mais je vous remercie de vous inquiéter pour elle. C'est très gentil à vous. » Elle fit à l'intention de la femme une gracieuse inclination. L'Américaine dit quelque chose à Sachiko, et elles recommencèrent à converser en anglais. La femme au visage grassouillet changea de position, cessant de regarder les arbres.

« Ne pensez surtout pas que je suis impertinente, je vous en prie, dit-elle en posant une main sur mon bras, mais je n'ai pu faire autrement que de m'en apercevoir. C'est la première fois pour vous ?

— Oui, dis-je en riant. Nous l'attendons pour l'automne.

— C'est merveilleux. Et votre mari, est-il gardien de zoo, lui aussi ?

— Oh, non ! Il travaille dans une entreprise d'électronique.

— Ah, vraiment ? »

La femme entreprit de me donner des conseils sur la façon de s'occuper des bébés. Pendant qu'elle parlait, je vis, par-dessus son épaule, le garçon s'éloigner de la table et se diriger vers l'arbre de Mariko.

« Et c'est une bonne idée de faire entendre beaucoup de belle musique à l'enfant, disait la femme. Je suis sûre que cela fait une énorme différence. Il faut qu'il y ait de la belle musique parmi les premiers sons perçus par l'enfant.

— Oui ; j'aime beaucoup la musique. »

Debout au pied de l'arbre, le garçonnet regardait Mariko d'un air perplexe.

« Notre fils aîné est loin d'avoir l'oreille aussi musicale qu'Akira, poursuivit la femme. Mon mari dit que c'est parce qu'il n'a pas entendu assez de bonne musique quand il était bébé, et j'incline à penser qu'il a raison. À l'époque, la radio diffusait énormément de musique militaire. Je suis sûre que cela ne lui a fait aucun bien. »

Pendant que la femme continuait à parler, je voyais le garçon s'efforcer de trouver sur le tronc de l'arbre un appui pour son pied. Mariko était descendue un peu plus bas et semblait le conseiller. À côté de moi, l'Américaine riait toujours aux éclats, en prononçant de temps en temps des mots de japonais isolés. Le petit garçon parvint enfin à se hisser au-dessus du sol ; il avait enfoncé un pied dans une fente et se tenait des deux mains à une branche. Il n'était qu'à quelques centimètres du sol, mais semblait dans un état de tension extrême. Il aurait été difficile de dire si elle l'avait fait exprès ; en descendant, la petite fille écrasa de son pied les doigts du garçonnet. Il poussa un hurlement et tomba lourdement.

Effrayée, la mère se retourna. Sachiko et l'Américaine, qui n'avaient ni l'une ni l'autre été témoins de l'incident, se tournèrent elles aussi vers l'enfant à terre. Couché sur le côté, il se plaignait bruyamment. Sa mère courut vers lui, et s'agenouillant près de lui, se mit à lui palper les jambes. Le garçonnet gémissait toujours. De l'autre côté de la clairière, les passagers qui attendaient le téléférique regardaient tous dans notre direction. Au bout d'une minute ou deux, le petit garçon revint vers la table en sanglotant, guidé par sa mère.

« C'est tellement dangereux de grimper aux arbres, dit la femme avec colère.

— Il n'est pas tombé de haut, lui assurai-je. C'est à peine s'il était monté à l'arbre.

— Il aurait pu se casser un os. Je trouve qu'on devrait empêcher les enfants de grimper aux arbres. C'est vraiment stupide.

— Elle m'a donné un coup de pied, pleurnicha le petit garçon. Elle m'a fait tomber de l'arbre à coups de pied. Elle a essayé de me tuer.

— Elle t'a donné un coup de pied ? La petite fille t'a donné un coup de pied ? »

Je vis Sachiko jeter un coup d'œil vers sa fille. Mariko était remontée bien haut dans les branches de l'arbre.

« Elle a essayé de me tuer.

— La petite fille t'a donné un coup de pied ?

— Votre fils a glissé, me hâtai-je de dire. J'ai tout vu. Il n'est pas tombé de très haut.

— Elle m'a donné un coup de pied. Elle a essayé de me tuer. »

À son tour, la femme jeta un regard vers l'arbre.

« Il a glissé, tout simplement, insistai-je.

— Il ne faut pas faire de pareilles sottises, Akira, dit la femme avec colère. C'est très très dangereux de grimper aux arbres.

— Elle a essayé de me tuer.

— Tu ne dois pas monter aux arbres. »

Le garçonnet sanglotait toujours.

Dans les villes japonaises bien plus qu'en Angleterre, les restaurateurs, les propriétaires de maisons de thé, les boutiquiers, semblent tous souhaiter la tombée de la nuit ; bien avant que le jour décline, des lanternes apparaissent dans les vitrines, des enseignes s'allument au-dessus des portes. Nagasaki brillait déjà de toutes les couleurs de la nuit lorsque nous nous retrouvâmes dans les rues, ce soir-là ; nous avions quitté Inasa à la fin de l'après-midi et nous avions dîné au restaurant du grand magasin Hamaya. N'ayant guère envie de mettre un terme à cette journée, nous partîmes flâner dans les petites rues, peu pressées de rejoindre la station de tram. À cette époque, je m'en souviens, c'était depuis peu la mode pour les jeunes couples de se tenir par la main en public — chose que nous n'avions jamais faite, Jiro et moi — et en nous promenant, nous vîmes beaucoup de couples qui cherchaient comment passer leur soirée. Comme il arrive souvent par les soirs d'été, le ciel avait pris une pâle nuance violacée.

Il y avait beaucoup d'étals où l'on vendait du poisson, et à cette heure-là, le soir, lorsque les bateaux de pêche revenaient au port, on voyait souvent des hommes se frayer un chemin dans les petites rues encombrées, les épaules chargées de lourds paniers pleins de poisson frais. Ce fut dans une de ces petites rues, jonchées de détritus, grouillantes de promeneurs, que nous tombâmes sur la baraque de *kujibiki*. Comme je ne me suis jamais adonnée au *kujibiki* et que ce jeu n'a pas d'équivalents en Angleterre — sauf peut-être dans les fêtes foraines — j'aurais pu facilement en oublier l'existence, n'eût été le souvenir que j'ai gardé de ce soir-là.

Debout à l'arrière de la foule, nous regardions le spectacle. Une femme tenait dans ses bras un petit garçon de deux ou trois ans ; sur l'estrade, un homme coiffé d'un mouchoir noué autour de sa tête se penchait, tenant le bol de manière à ce que l'enfant pût l'atteindre. Le petit parvint à attraper un billet, mais il semblait ne pas savoir qu'en faire. Il le conservait dans sa main et regardait d'un œil inexpressif les visages amusés qui l'entouraient. L'homme au mouchoir se pencha plus bas et fit à l'enfant une réflexion qui déclencha un rire général. Finalement, la mère posa son enfant, lui prit le billet et le tendit à l'homme. Le billet donnait droit à un bâton de rouge à lèvres, que la femme accepta en riant.

Debout sur la pointe des pieds, Mariko essayait de voir les prix exposés au fond de la baraque. Elle se tourna brusquement vers Sachiko et lui dit : « Je veux prendre un billet.

— C'est de l'argent gaspillé, Mariko.

— Je veux prendre un billet. » Il y avait dans sa voix une étrange insistance. « Je veux jouer au *kujibiki*.

— Voilà, Mariko-San. » Je lui tendis une pièce.

Elle se tourna vers moi, un peu étonnée. Puis elle prit la pièce et se fraya un chemin vers l'avant de la foule.

Quelques autres concurrents tentèrent leur chance ; une femme gagna une friandise, un homme d'âge mûr eut droit à une balle en caoutchouc. Puis ce fut le tour de Mariko.

« Et maintenant, petite princesse — l'homme secoua le bol d'un air concentré — ferme les yeux et pense très fort à ce gros ours, là-bas.

— Je ne veux pas de cet ours », dit Mariko.

L'homme fit la grimace, et les gens rirent. « Tu ne veux pas ce gros ours tout fourru ? Alors, petite princesse, qu'est-ce que tu veux donc ? »

Mariko indiqua le fond de la baraque. « Le panier, dit-elle.

— Le panier ? » L'homme haussa les épaules. « Très bien, princesse, ferme bien les yeux et pense à ton panier. Tu es prête ? »

Le billet de Mariko gagnait un pot de fleurs. Elle revint à l'endroit où nous l'attendions et me tendit son prix.

« Tu n'en veux pas ? lui demandai-je. Tu l'as gagné.

— Je voulais le panier. Les chatons ont besoin d'un panier à eux, maintenant.

— Écoute, ce n'est pas grave. »

Mariko se tourna vers sa mère. « Je veux essayer encore. »

Sachiko soupira. « Il se fait tard maintenant.

— Je veux essayer. Rien qu'une fois. »

Elle se fraya à nouveau un chemin jusqu'à l'estrade. Tandis que nous l'attendions, Sachiko se tourna vers moi et me dit :

« C'est curieux, mais ce n'est pas du tout l'impression qu'elle me faisait. Je parle de votre amie, Mme Fujiwara.

— Ah bon ? »

Sachiko pencha la tête pour voir par-dessus les épaules des spectateurs. « Oui, Etsuko, dit-elle, j'ai bien peur de ne jamais avoir eu d'elle l'image que vous en avez. Votre amie m'a fait l'effet d'une femme qui n'a plus rien dans sa vie.

— Mais ce n'est pas vrai, dis-je.

— Ah ? Et qu'est-ce qui lui reste à espérer, Etsuko ? Quelle raison de vivre a-t-elle ?

— Elle a son commerce. Certes, il n'a rien de grandiose, mais ce qu'il représente pour elle n'est pas négligeable.

— Son commerce ?

— Et elle a son fils. Son fils a une carrière pleine de promesses. »

Le regard de Sachiko s'était à nouveau tourné vers la baraque. « Oui, sans doute, dit-elle avec un sourire las. Sans doute a-t-elle son fils. »

Cette fois-ci, Mariko gagna un crayon noir ; elle revint vers nous d'un air morne. Nous allions partir ; mais Mariko regardait toujours la baraque de *kujibiki*.

« Viens, dit Sachiko. Il faut qu'Etsuko-San rentre chez elle, maintenant.

— Je voudrais essayer encore. Rien qu'une fois. »

Sachiko poussa un soupir impatient, puis elle me regarda. Je haussai les épaules en riant.

« Bon, dit Sachiko. Essaie encore. »

Quelques autres personnes remportèrent des prix. Une jeune femme gagna un poudrier, et ce prix bien approprié suscita quelques applaudissements. En voyant Mariko apparaître pour la troisième fois, l'homme au mouchoir de tête fit une autre de ses grimaces comiques.

« Alors, petite princesse, te revoilà ! Tu veux toujours le panier ? Tu ne préférerais pas ce gros ours en peluche ? »

Mariko ne dit rien, attendant que l'homme lui tende son bol. Lorsqu'elle eut tiré un billet, l'homme l'examina attentivement puis se retourna vers l'étalage où étaient exposés les prix. Il scruta à nouveau le billet, et enfin, hocha la tête.

« Tu n'as pas gagné le panier. Mais tu as gagné — un *prix important* ! »

Des rires et des applaudissements retentirent à la ronde. L'homme alla vers le fond de la baraque et en revint avec un objet qui avait l'apparence d'une grande boîte en bois.

« Ta maman pourra y entreposer ses légumes ! » proclama-t-il, à l'intention de la foule plutôt qu'à celle de Mariko ; pendant un instant, il tint le prix haut levé devant lui. À mes côtés, Sachiko éclata de rire et s'associa aux applaudissements. Un chemin s'ouvrit dans la foule pour laisser Mariko passer avec son prix.

Nous nous éloignâmes de la foule sans que Sachiko cessât de rire. Elle avait tant ri que des petites larmes avaient jailli de ses yeux ; elle les essuya et examina la boîte.

« Quel objet singulier », dit-elle en me la passant.

De la taille d'un cageot à oranges, la boîte était étonnamment légère, en bois lisse, bien que non verni, fermée sur un des côtés par deux panneaux coulissants en fin grillage.

« Cela peut être utile, dis-je en faisant coulisser un des panneaux.

— J'ai gagné un prix important, déclara Mariko.

— Oui, félicitations, dit Sachiko.

— Une fois, j'ai gagné un kimono, me dit Mariko. À Tokyo, une fois, j'ai gagné un kimono.

— Eh bien, tu as encore gagné.

— Etsuko, vous pourriez peut-être porter mon sac. Cela me permettrait de transporter cette chose jusqu'à chez nous.

— J'ai gagné un prix important, répéta Mariko.

— Oui, tu as très bien joué », dit sa mère avec un petit rire.

Nous tournâmes les talons, quittant la baraque de *kujibiki*. La rue était jonchée de vieux journaux et de toutes sortes de détritus.

« Les chatons pourraient vivre là-dedans, non ? suggéra Mariko. On y mettrait des chiffons et ça serait leur maison. »

Sachiko regarda la boîte d'un air sceptique. « Je ne suis pas sûre que ça leur plairait beaucoup.

— Ça serait leur maison. Comme ça, quand nous irons chez Yasuko-San, nous pourrons les emporter dedans. »

Sachiko eut un sourire fatigué.

« On pourrait, n'est-ce pas, maman ? Nous pourrions transporter les chatons là-dedans.

— Oui, certainement, dit Sachiko. Oui, d'accord. Nous nous en servirons pour transporter les chatons.

— Alors on peut garder les chatons ?

— Oui, nous pouvons garder les chatons. Je suis sûre que le père de Yasuko-San n'y verra pas d'objection. »

Mariko courut en avant, puis attendit que nous la rattrapions.

« Et on n'a plus besoin de leur trouver une maison ?

— Non, plus maintenant. Nous allons chez Yasuko-San ; nous pourrons donc garder les chatons.

— Nous n'aurons pas besoin de trouver des gens pour les prendre. Nous pouvons tous les garder. Nous pourrons les emmener dans la boîte, n'est-ce pas, maman ?

— Oui », dit Sachiko. Puis elle rejeta sa tête en arrière et se remit à rire.

Je me remémore souvent le visage de Mariko tel que je le vis ce soir-là, dans le tram qui nous remmenait chez nous. Elle regardait par la fenêtre, le front appuyé contre la vitre, son visage de petit garçon pris dans le mouvement cahotant des lumières de la ville. Mariko resta silencieuse tout le long du trajet, et nous n'échangeâmes que peu de paroles, Sachiko et moi. À un moment, je m'en souviens, Sachiko me demanda :

« Votre mari sera-t-il fâché ?

— C'est bien possible, dis-je en souriant. Mais je l'ai prévenu hier que je risquais d'être en retard.

— Quelle bonne journée nous avons passée.

— Oui. Jiro pourra toujours se mettre en colère. Je suis très contente de ma journée.

— Nous devrions recommencer, Etsuko.

— Oui, c'est vrai.

— Pensez à venir me voir, voulez-vous, lorsque j'aurai déménagé ?

— Oui, bien sûr. »

Après cela, nous nous tûmes à nouveau. Un peu plus tard, tandis que le tram freinait avant un arrêt, je sentis Sachiko sursauter. Son regard était tourné vers le fond de la voiture, où deux ou trois personnes étaient groupées près de la sortie. Là, une femme regardait Mariko. Âgée d'une trentaine d'années, elle avait un visage maigre et l'air fatiguée. Peut-être son intérêt pour Mariko était-il tout à fait innocent ; sans la réaction de Sachiko, mes soupçons n'auraient sans doute même pas été éveillés. Quant à Mariko, elle n'avait pas remarqué la femme, et continuait à regarder par la fenêtre.

La femme s'aperçut que Sachiko l'observait et détourna les yeux. Le tram s'arrêta, les portes s'ouvrirent et la femme descendit.

« Connaissiez-vous cette personne ? » demandai-je d'une voix tranquille.

Sachiko eut un petit rire. « Non. Je me suis trompée.

— Vous l'avez prise pour quelqu'un d'autre ?

— Rien qu'un instant. En fait, il n'y avait même pas de ressemblance. » Elle rit à nouveau, puis jeta un coup d'œil au-dehors pour voir où nous étions arrivés.

VIII

Rétrospectivement, il n'est pas difficile de comprendre pourquoi Ogata-San resta aussi longtemps chez nous, cet été-là. Il connaissait son fils assez bien pour identifier la stratégie de Jiro en ce qui concernait l'article écrit par Shigeo Matsuda ; mon mari attendait simplement qu'Ogata-San rentre chez lui, à Fukuoka, afin que toute l'affaire puisse sombrer dans l'oubli. Entretemps, il tombait toujours d'accord avec son père pour estimer qu'une telle atteinte au nom familial exigeait une réaction prompte et ferme et, reconnaissant que cette affaire le regardait tout autant que son père, il se déclarait décidé à écrire à son ancien camarade de classe dès qu'il en aurait le temps. Je me rends compte maintenant, avec le recul, que ce comportement était caractéristique de l'attitude de Jiro chaque fois qu'il risquait d'être exposé à une confrontation un peu délicate. Si, des années plus tard, il n'avait pas fait face à une autre crise d'une façon très similaire, peut-être que je n'aurais jamais quitté Nagasaki. Mais ceci est une digression.

J'ai relaté auparavant certains détails de la soirée où les deux collègues ivres de mon mari vinrent interrompre la partie d'échecs entre Jiro et Ogata-San. Ce soir-là, en me préparant à aller au lit, je fus fortement tentée de discuter avec Jiro de toute l'affaire Shigeo Matsuda ; certes, je ne souhaitais pas que Jiro écrive cette lettre contre sa propre volonté, mais j'avais le sentiment de plus en plus net qu'il devait expliquer plus clairement sa position à son père. Cependant, ce soir-là comme en d'autres occasions antérieures, j'évitai d'aborder la question. D'une part, mon mari aurait considéré que ce n'était pas mon affaire de formuler une opinion à ce sujet. D'autre part, à cette heure-là de la nuit, Jiro était toujours fatigué et réagissait avec agacement si j'amorçais la moindre conversation. Et de toute façon, notre relation n'était pas de nature à permettre la discussion franche de ce genre de questions.

Le lendemain, Ogata-San resta dans l'appartement toute la journée, étudiant fréquemment la partie d'échecs qui — me dit-il — avait été interrompue à un moment crucial, la veille au soir. Le soir, une heure ou deux après que nous eûmes terminé le dîner, il sortit à nouveau l'échiquier et se remit à examiner les pièces. À un moment, il leva les yeux et dit à mon mari :

« Eh bien, Jiro. C'est demain, le grand jour. »

Jiro leva les yeux de son journal et eut un rire bref. « Il ne faut pas y attacher trop d'importance.

— Mais si. C'est un grand jour pour toi. Bien sûr, il est nécessaire que tu fasses de ton mieux pour l'entreprise, mais à mon avis c'est déjà un triomphe, quelle que soit l'issue de ce qui va se passer demain. Être appelé à représenter son entreprise à un niveau aussi élevé, voilà qui n'a rien d'ordinaire, même aujourd'hui. »

Jiro haussa les épaules. « Non, sans doute. Mais bien entendu, même si demain tout se passe au mieux, rien ne garantit que j'obtiendrai ma promotion. J'imagine néanmoins que le directeur est assez content des efforts que j'ai fournis cette année.

— J'ai toutes les raisons de croire qu'il te fait une grande confiance. Et à ton avis, comment cela va-t-il se passer, demain ?

— Sans encombre, je l'espère. À ce stade, toutes les parties en cause ont intérêt à coopérer. Il s'agit surtout de jeter les bases des vraies négociations, qui auront lieu cet automne. Ce n'est pas si important que ça.

— Nous n'avons donc plus qu'à attendre la suite des événements. Et maintenant, Jiro, si nous terminions cette partie ? Il y a trois jours que nous sommes dessus.

— Ah oui, notre partie. Bien entendu, père, tu comprends que même si je réussis demain, cela ne garantit pas ma promotion ?

— Mais oui, Jiro, je comprends. Moi aussi, j'ai rencontré une certaine compétition au cours de ma carrière. Je ne sais que trop bien comment cela se passe. Il arrive que d'autres aient la préférence, alors qu'à juste titre, ils ne devraient même pas être considérés comme tes égaux. Mais il ne faut pas te laisser décourager par ce genre de choses. Persévère, et tu remporteras la victoire. Et maintenant, que dirais-tu de finir cette partie ? »

Mon mari coula vers l'échiquier un regard en coin, mais ne fit aucun mouvement pour s'en approcher. « Tu étais sur le point de gagner, si je me souviens bien, dit-il.

— Il est vrai que tu es dans une mauvaise passe, mais il y a une issue, si tu arrives à la trouver. Te rappelles-tu, Jiro, quand je t'ai enseigné ce jeu, que je te mettais toujours en garde contre un emploi prématuré des tours ? Et tu continues à faire la même erreur. Tu comprends ?

206

— Les tours, oui. Tu as raison.

— Au fait, Jiro, je n'ai pas l'impression que tu prépares tes coups à l'avance. Te souviens-tu du mal que je me suis donné jadis pour te faire élaborer ton jeu avec au moins trois coups d'avance ? Je n'ai pas l'impression que tu as fait ça.

— Trois coups d'avance ? Tu as raison, je ne l'ai pas fait. Je ne peux prétendre être un expert comme toi, père. En tout cas, je crois que nous pouvons convenir que tu as gagné.

— À vrai dire, Jiro, dès le début de la partie, je me suis rendu à une évidence affligeante : tu ne préparais pas tes coups. Combien de fois te l'ai-je dit ? Un bon joueur d'échecs doit prévoir son jeu, avec trois coups d'avance au minimum.

— Oui, tu as sûrement raison.

— Par exemple, pourquoi as-tu déplacé ce cavalier-ci ? Regarde, Jiro ; tu ne regardes même pas. Es-tu seulement capable de te rappeler pourquoi tu l'as mis ici ? »

Jiro jeta un coup d'œil à l'échiquier. « Pour être franc, je ne me rappelle pas. Il y avait sûrement une bonne raison à ce moment-là.

— Une bonne raison ? Tu dis des bêtises, Jiro. Au début de la partie, tu préparais tes coups à l'avance, cela se voyait. À ce moment-là, tu avais une véritable stratégie. Mais sitôt que je l'ai battue en brèche, tu t'es mis à jouer au coup par coup. Ne te rappelles-tu pas ce que je te répétais toujours ? L'objet du jeu d'échecs, c'est le maintien de stratégies cohérentes. C'est-à-dire qu'il ne faut pas renoncer quand ton adversaire détruit un de tes plans : il faut immédiatement mettre en marche le plan suivant. L'issue d'une partie n'est pas réglée au moment où le roi est acculé. Elle se décide dès qu'un des joueurs renonce à avoir la moindre stratégie. Quand ses soldats avancent dans le désordre, qu'ils n'ont plus de cause commune, qu'ils se déplacent au coup par coup, c'est alors que la partie est perdue.

— Très bien, père. Je le reconnais. J'ai perdu. Et maintenant, n'en parlons plus, tu veux bien ? »

Ogata-San me jeta un coup d'œil, puis se tourna à nouveau vers Jiro. « Allons, qu'est-ce que c'est que cette histoire ? J'ai étudié cet échiquier très soigneusement, aujourd'hui, et je vois trois solutions distinctes qui pourraient te permettre de t'en tirer. »

Mon mari abaissa son journal. « Pardonne-moi si je fais erreur, mais tu viens toi-même de dire, si j'ai bien compris, que le joueur qui ne parvient pas à maintenir une stratégie cohérente est inévitablement perdant. Or comme tu l'as souligné à maintes reprises, j'ai joué au coup par coup ; il ne serait donc guère fructueux de s'obstiner. Et maintenant, si tu veux bien m'excuser, j'aimerais finir de lire cet article.

— Mais c'est du défaitisme pur et simple, Jiro. La partie est loin d'être perdue, je viens de te le dire. Tu devrais être en train d'organiser ta défense, pour survivre et m'attaquer à nouveau. Tu as toujours eu un certain penchant au défaitisme, Jiro, même quand tu étais petit. J'espérais t'en avoir débarrassé, mais voilà qu'il surgit à nouveau, après tout ce temps.

— Pardonne-moi, mais je ne vois pas ce que le défaitisme vient faire là-dedans. Ce n'est qu'un jeu…

— En effet, ce n'est qu'un jeu. Mais un père apprend à bien connaître son fils. Un père sait déceler ces traits de caractère déplorables dès leur apparition. Voilà un penchant dont la présence chez toi ne m'enorgueillit guère, Jiro. Tu as abandonné dès que ta première stratégie s'est effondrée. Et maintenant que tu es réduit à la défensive, tu boudes et tu ne veux plus jouer. Tu étais exactement comme ça quand tu avais neuf ans.

— Père, tout cela est absurde. J'ai mieux à faire qu'à penser aux échecs toute la journée. »

Jiro prononça ces paroles d'une voix forte, et l'espace d'un instant, Ogata-San parut quelque peu déconcerté.

« Tout cela est peut-être très bien pour toi, père, poursuivit mon mari. Tu as la journée entière pour échafauder tes stratégies et tes ruses. Personnellement, j'ai mieux à faire de mon temps. »

Sur ces mots, mon mari se plongea à nouveau dans son journal. Son père, l'air éberlué, le regardait fixement. Enfin, Ogata-San se mit à rire.

« Allons, Jiro, voilà que nous nous querellons comme des marchandes de poisson. » Il rit à nouveau. « Comme des marchandes de poisson. »

Jiro ne leva pas les yeux.

« Voyons, Jiro, mettons fin à cette dispute. Si tu ne veux pas finir la partie, nous ne sommes pas forcés de la finir. »

Mon mari se comportait toujours comme s'il n'avait rien entendu.

Ogata-San se remit à rire. « Bon, tu as gagné. Nous ne jouerons plus. Mais permets-moi de te montrer comment tu aurais pu te tirer de cette situation ennuyeuse. Il y a trois manœuvres que tu aurais pu tenter. La première est la plus simple, et je n'aurais pas pu faire grand-chose pour la contrer. Regarde, Jiro, regarde un peu. Jiro, regarde, je te montre quelque chose. »

Jiro persistait à ignorer son père. Il avait toute l'apparence d'un homme profondément absorbé dans une lecture sérieuse. Il tourna la page et continua à lire.

Ogata-San hocha la tête comme pour lui-même, avec un rire presque silencieux. « Tout à fait comme dans son enfance. Quand les choses ne se passent pas comme il voudrait, il boude et on ne peut plus rien obtenir de lui. » Jetant un coup d'œil vers l'endroit où j'étais assise, il eut un rire un peu bizarre. Puis il se tourna à nouveau vers son fils. « Regarde, Jiro. Laisse-moi au moins te montrer ça. C'est la simplicité même. »

Brusquement, mon mari jeta son journal et s'avança vers son père. Il avait certainement eu l'intention de bousculer l'échiquier et d'envoyer toutes les pièces rouler sur le sol. Mais il se déplaça maladroitement, et avant qu'il ait pu atteindre l'échiquier, son pied renversa la théière posée à côté de lui. Elle roula sur le côté, le couvercle heurta le sol, et le thé se répandit rapidement sur le tatami. Jiro, ne comprenant pas bien ce qui venait de se passer, se tourna et regarda la flaque de thé. Puis il se retourna à nouveau et jeta un regard furieux à l'échiquier. Le spectacle des pièces, toujours debout sur leurs cases, sembla le mettre encore plus en colère, et je crus un instant qu'il allait de nouveau essayer de les faire tomber. En fait, il se redressa, saisit son journal et quitta la pièce sans dire un mot.

Je me hâtai vers l'endroit où le thé s'était renversé. Le liquide avait commencé à imbiber le coussin sur lequel Jiro avait été assis. Je le pris et le frottai avec le coin de mon tablier.

« Tout à fait comme autrefois », dit Ogata-San. Un léger sourire éclairait maintenant ses yeux. « Les enfants deviennent adultes, mais ils ne changent pas beaucoup. »

Je partis chercher un chiffon à la cuisine. À mon retour, je trouvai Ogata-San assis dans la position où je l'avais laissé ; le même sourire dansait toujours dans son regard. Il contemplait la flaque sur le tatami et paraissait absorbé dans ses pensées. Il regardait le thé avec une telle concentration que j'hésitai un instant avant de m'agenouiller pour l'éponger

« Ne soyez pas troublée par cet incident, Etsuko, dit-il enfin. Il n'y a pas de quoi vous troubler.

— Non. » Je continuais à essuyer le tatami.

« Eh bien, je pense que nous n'allons pas tarder à aller nous coucher. Ça fait du bien de se coucher tôt, de temps en temps.

— Oui.

— Ne soyez pas troublée, Etsuko. D'ici demain, vous verrez, Jiro aura tout oublié. Je me rappelle très bien ce genre d'accès, chez lui. En fait, on se sent un peu nostalgique, à assister à une scène pareille. Cela me rappelle le temps où il était petit. Oui, il y a vraiment de quoi être nostalgique. »

J'épongeais toujours le thé.

« Allons, Etsuko. Il n'y a pas de quoi vous troubler. »

Je n'échangeai pas d'autres paroles avec mon mari jusqu'au lendemain matin. Il prit son petit déjeuner en jetant de temps à autre un coup d'œil au journal du matin, que j'avais posé à côté de son bol. Il parla à peine, et ne fit aucun commentaire sur l'absence de son père, qui ne s'était pas encore montré. Pour ma part, je tendais l'oreille, guettant les bruits qui auraient pu parvenir de la chambre d'Ogata-San, mais je n'entendis rien.

« J'espère que tout ira bien aujourd'hui », dis-je au bout de quelques minutes de silence.

Mon mari haussa les épaules. « Il n'y a pas de raison d'en faire une histoire », dit-il. Puis il leva les yeux vers moi : « Aujourd'hui, j'aurais voulu ma cravate en soie noire, mais je ne sais pas ce que tu en as fait. Je voudrais bien que tu ne déranges pas mes cravates.

— La cravate en soie noire ? Elle est pendue à la tringle, avec les autres.

— Elle n'y était pas tout à l'heure. Je voudrais bien que tu arrêtes de les déranger tout le temps.

— La cravate en soie devrait être avec les autres, dis-je. Je l'ai repassée avant-hier, parce que je savais que tu en aurais besoin aujourd'hui, mais j'ai pris soin de la remettre à sa place. Tu es sûr qu'elle n'y était pas ? »

Mon mari poussa un soupir impatient et baissa les yeux vers son journal. « Ça ne fait rien, dit-il. Celle-ci fera l'affaire. »

Il continua à manger en silence. Comme Ogata-San ne s'était toujours pas manifesté, je finis par me lever et par aller écouter devant sa porte. Au bout de quelques secondes, n'entendant toujours rien, j'allais me décider à faire un peu coulisser sa porte. Mais mon mari se retourna et me dit :

« Qu'est-ce que tu fabriques ? Je n'ai pas la matinée devant moi, tu sais. » Il poussa sa tasse vers moi.

Je me rassis, écartai sa vaisselle sale et lui servis du thé. Il le but rapidement en parcourant la première page du journal.

« C'est une journée importante pour nous, dis-je. J'espère que tout ira bien.

— Il n'y a pas de raison de faire tant d'histoires », dit-il sans lever les yeux.

Pourtant ce matin-là, avant de partir, Jiro s'examina attentivement dans le miroir de l'entrée, rajustant sa cravate et regardant de près son menton pour contrôler la perfection de son rasage. Après son départ, je m'approchai à nouveau de la porte d'Ogata-San et je tendis l'oreille. Je n'entendais toujours rien.

« Père ? » appelai-je doucement.

J'entendis enfin la voix d'Ogata-San : « Ah, Etsuko. J'aurais pu me douter que vous ne me laisseriez pas traîner au lit. »

Rassurée, j'allai refaire du thé à la cuisine, puis je mis la table pour le petit déjeuner d'Ogata-San. En s'asseyant pour manger, il dit d'un ton détaché :

« Je suppose que Jiro est déjà parti.

— Oh oui, il y a longtemps qu'il est parti. J'étais sur le point de mettre le petit déjeuner de père à la poubelle. Je me disais que paresseux comme il était, il ne se lèverait pas avant midi.

— Allons, Etsuko, ne soyez pas cruelle. Quand vous aurez mon âge, vous aurez plaisir à vous laisser aller, de temps en temps. En plus, ce séjour chez vous, c'est comme des vacances pour moi.

— Bon. Pour cette fois-ci, exceptionnellement, on peut pardonner sa paresse à père.

— Une fois que je serai de retour à Fukuoka, je n'aurai pas l'occasion de rester au lit comme ça », dit-il en prenant ses baguettes. Puis il poussa un profond soupir. « Il faudrait sans doute que je songe à rentrer bientôt.

— À rentrer ? Mais rien ne vous presse, père.

— Si, il faut vraiment que je rentre bientôt. Il y a beaucoup de travail qui m'attend.

— Du travail ? Quel travail ?

— Eh bien, pour commencer, il faut que je fasse de nouveaux panneaux pour la véranda. Et puis il y a la rocaille. Je ne l'ai même pas démarrée. Il y a des mois que les pierres ont été livrées et elles sont toujours là, dans le jardin, à attendre que je me décide. » Il soupira et se mit à manger. « Non, je n'aurai certainement pas l'occasion de traîner au lit comme cela après mon retour.

— Mais vous n'avez quand même pas besoin de partir tout de suite, père. Votre rocaille peut attendre encore un peu.

— Vous êtes très gentille, Etsuko. Mais maintenant, le temps presse. Voyez-vous, ma fille et son mari vont sûrement me rendre de nouveau visite cet automne, et il faut que je termine tous ces travaux avant leur venue. L'année dernière et l'année précédente, ils sont venus me voir à l'automne. Aussi ai-je dans l'idée qu'ils vont vouloir faire la même chose cette année.

216

— Je comprends.

— Oui, ils voudront certainement revenir cet automne. C'est la période la plus commode pour le mari de Kikuko. Et Kikuko me dit toujours dans ses lettres qu'elle a hâte de voir ma nouvelle maison. »

Ogata-San hocha la tête pensivement, puis continua à manger le contenu de son bol. Je l'observai pendant un moment.

« Quelle fille loyale vous avez en Kikuko-San, père, dis-je. Elle a un long chemin à faire, depuis Osaka. Vous devez lui manquer.

— Je suppose que de temps à autre, elle éprouve le besoin de s'éloigner de son beau-père. Sans cela, je ne vois pas ce qui pourrait la pousser à venir de si loin.

— Comme vous êtes méchant, père. Je suis sûre que vous lui manquez. Je vais être forcée de lui répéter ce que vous venez de dire. »

Ogata-San rit. « Mais c'est la vérité. Le vieux Watanabe les régente comme un vrai seigneur de la guerre. À chaque fois qu'ils viennent me voir, ils ne cessent de répéter qu'il devient intolérable. Personnellement, j'ai un faible pour le vieux, mais il n'y a pas de doute, c'est un vrai seigneur de la guerre. J'imagine qu'ils aimeraient bien un endroit comme celui-ci, Etsuko, un appartement dans ce genre, rien que pour eux. Ce n'est pas une mauvaise chose, ces jeunes couples qui ne vivent pas chez les parents. De plus en plus de couples le font, de nos jours. Les jeunes gens ne veulent pas être régentés indéfiniment par des vieillards dominateurs. »

Ogata-San sembla se rappeler la nourriture qui restait dans son bol et se mit à manger hâtivement. Lorsqu'il eut fini, il se leva et alla jusqu'à la fenêtre. Il s'y tint un moment, me tournant le dos, regardant la vue. Puis il régla la fenêtre pour laisser entrer plus d'air et respira profondément.

« Êtes-vous content de votre nouvelle maison, père ? lui demandai-je.

— Ma maison ? Mais oui. Comme je le disais, il reste quelques petits travaux à faire. Mais elle est mieux adaptée à mes besoins. La maison de Nagasaki était bien trop vaste pour un vieux solitaire. »

Il regardait toujours par la fenêtre ; dans la lumière intense du matin, je ne distinguais de sa tête et de ses épaules qu'un contour flou.

« Mais elle était bien agréable, la vieille maison, dis-je. Je m'arrête encore pour la regarder quand je passe par là. À vrai dire, je suis passée devant la semaine dernière, en revenant de chez Mme Fujiwara. »

Je crus qu'il ne m'avait pas entendue, comme il contemplait toujours la vue sans rien dire. Mais un instant plus tard, il demanda :

218

« Et comment était-elle, la vieille maison ?

— Elle n'a pas beaucoup changé. Ses nouveaux occupants doivent l'aimer telle que père l'a laissée. »

Il se tourna légèrement vers moi. « Et les azalées, Etsuko ? Les azalées sont-elles toujours près de l'entrée ? » Le soleil m'empêchait toujours de distinguer ses traits, mais d'après sa voix, je jugeai qu'il souriait.

« Les azalées ?

— Il est vrai qu'il n'y a pas de raison pour que vous vous en souveniez. » Il se tourna à nouveau vers la fenêtre et il étendit les bras. « Je les ai plantées près de l'entrée ce jour-là. Le jour où la décision définitive a été prise.

— Quelle décision ?

— De votre mariage avec Jiro. Mais je ne vous ai jamais parlé des azalées, il n'est donc guère sérieux de ma part de croire que vous allez vous en souvenir.

— Vous avez planté des azalées pour moi ? Comme c'était gentil. Mais je crois qu'en effet, vous n'en avez jamais parlé.

— Mais vous savez, Etsuko, vous les aviez demandées. » Il s'était à nouveau tourné vers moi. « En fait, vous m'avez littéralement ordonné de les planter près de l'entrée.

— Quoi ? — je ris — je vous l'ai ordonné,
moi ?

— Oui, vous me l'avez ordonné. Comme si
j'avais été employé comme jardinier. Vous ne
vous rappelez pas ? Au moment où je pensais que
tout était enfin réglé, et que vous alliez devenir
ma belle-fille, vous m'avez déclaré qu'il y avait
encore un détail : pour vous, il n'était pas question de vivre dans une maison où il n'y aurait pas
d'azalées près de l'entrée. Et si je ne plantais pas
d'azalées, tout serait remis en cause. Que pouvais-
je faire ? Je suis allé dans le jardin et j'ai planté
des azalées. »

J'eus un petit rire. « Maintenant que vous en
parlez, je me rappelle vaguement cette affaire.
Mais c'est absurde, père. Je ne vous y ai jamais
obligé.

— Mais si, Etsuko. Vous m'avez déclaré que
vous ne pourriez pas vivre dans une maison où il
n'y aurait pas d'azalées près de l'entrée. » Il s'éloigna de la fenêtre et revint s'asseoir en face de
moi. « Oui, Etsuko, répéta-t-il, comme si j'avais
été employé comme jardinier. »

Nous rîmes tous les deux et j'entrepris de servir le thé.

« Vous comprenez, les azalées ont toujours été
mes fleurs préférées, expliquai-je.

— Oui. C'est ce que vous disiez. »

J'achevai de servir le thé et nous restâmes assis un moment en silence, à regarder la vapeur s'élever des tasses de thé.

« Et à ce moment-là, je n'étais pas au courant, repris-je. Des plans de Jiro, je veux dire.

— En effet. »

Je me penchai et posai une assiette de petits gâteaux près de sa tasse. Ogata-San les examina en souriant. Puis il dit :

« Les azalées ont poussé à la perfection. Mais bien sûr, vous aviez déjà déménagé. Enfin, ce n'est pas du tout une mauvaise chose que les jeunes couples vivent chez eux. Regardez Kikuko et son mari : ils seraient enchantés d'avoir un petit logement à eux, mais le vieux Watanabe ne leur permet même pas d'y songer. Quel vieux seigneur de la guerre.

— En y réfléchissant, dis-je, j'ai bel et bien vu des azalées près de l'entrée, la semaine dernière. Les nouveaux occupants doivent être de mon avis. Les azalées sont indispensables près d'une entrée.

— Je suis heureux qu'elles soient toujours là. » Ogata-San avala une gorgée de thé. Puis il soupira et dit en riant : « Quel vieux seigneur de la guerre que ce Watanabe. »

Peu après le petit déjeuner, Ogata-San me proposa d'aller faire un tour dans Nagasaki —

« comme les touristes », me dit-il. J'acceptai immédiatement et nous prîmes le tram jusqu'à la ville. Si je me rappelle bien, nous passâmes un moment dans une galerie d'art, puis, un peu avant midi, nous allâmes voir le monument de la Paix, érigé dans un grand parc public, non loin du centre de la ville.

On appelait généralement ce parc « Parc de la Paix » — je n'ai jamais su si c'était son nom officiel — et il régnait en effet sur ce vaste espace vert, malgré les cris d'enfants et les chants d'oiseaux, une atmosphère solennelle. Les buissons, fontaines, et autres ornements du même genre avaient été réduits au minimum, et le parc donnait de ce fait une impression d'austérité — des pelouses nues, un grand ciel d'été, et le monument lui-même. La statue blanche et massive dédiée à la mémoire des victimes de la bombe atomique dominait les lieux.

La statue évoquait un dieu grec musclé, assis les bras ouverts. De la main droite, il montrait le ciel d'où était tombée la bombe ; de l'autre bras, tendu vers la gauche, le personnage était censé repousser les forces du mal. Ses yeux fermés exprimaient le recueillement et la prière.

J'ai toujours trouvé que la statue avait un aspect plutôt pesant, et je n'ai jamais pu l'associer à ce qui s'était passé le jour où la bombe était tombée, ni à la période terrible qui avait suivi. Vu de loin, le personnage avait quelque chose de comique : on aurait dit un policier occupé à régler la circulation. À mes yeux, ce n'était qu'une statue, rien de plus, et même si la plupart des habitants de Nagasaki semblaient apprécier l'intention qui avait présidé à sa mise en place, je crois bien que mon opinion était largement partagée. Aujourd'hui encore, si par hasard je me souviens de la grande statue blanche de Nagasaki, ce qu'elle me rappelle avant tout, c'est ma promenade au Parc de la Paix avec Ogata-San, ce matin-là, et l'affaire de la carte postale.

« Elle est moins impressionnante en photo », dit Ogata-San, je m'en souviens, en tenant devant lui la vue de la statue qu'il venait d'acheter. Nous nous trouvions à une cinquantaine de mètres du monument. « Il y a quelque temps que j'ai le projet d'envoyer une carte, poursuivit-il. Je ne vais pas tarder à repartir pour Fukuoka, mais cela vaut sans doute encore la peine de l'envoyer. Avez-vous un stylo, Etsuko ? Je ferais peut-être mieux de l'écrire tout de suite, sans quoi je vais certainement oublier. »

Je trouvai un stylo dans mon sac à main et nous nous assîmes sur un banc tout proche. Ma curiosité fut éveillée quand je le vis contempler le côté vierge de la carte et poser la plume sur le papier sans rien écrire. À une ou deux reprises, il jeta un coup d'œil à la statue comme pour y trouver une inspiration. Je finis par lui demander :

« Vous l'envoyez à un ami de Fukuoka ?

— Oh, une simple connaissance.

— Père a l'air très coupable. Je me demande bien à qui il peut écrire. »

Ogata-San me regarda. Il paraissait stupéfait. Puis il éclata d'un rire sonore. « J'ai l'air coupable ? Vraiment ?

— Oui, très coupable. Je me demande ce que père manigance quand personne n'est là pour le surveiller. »

Ogata-San continua à rire à gorge déployée. Il riait si fort que je sentais le banc trembler. Il se calma un peu et me dit : « Très bien, Etsuko. Je suis pris. Vous m'avez pris en train d'écrire à ma *girl-friend* (il employa l'expression anglaise). Pris la main dans le sac. » Il se remit à rire.

« Je me suis toujours douté que père menait une vie de plaisirs à Fukuoka.

— Oui, Etsuko — il riait encore un peu —, une vie de plaisirs, c'est tout à fait cela. » Il respira profondément et examina à nouveau sa carte postale. « Vous savez, je n'ai vraiment pas d'idées. Je pourrais peut-être la lui envoyer telle quelle, sans rien écrire. Après tout, je voulais seulement lui montrer à quoi ressemble le monument. Mais d'un autre côté, ce n'est peut-être pas très poli.

— Il m'est difficile de vous conseiller, père, si vous ne me révélez pas qui est cette mystérieuse dame.

— La mystérieuse dame, Etsuko, tient un petit restaurant à Fukuoka. C'est tout près de chez moi, et j'y vais donc généralement prendre mon repas du soir. Je bavarde quelquefois avec elle, elle est tout à fait agréable, et je lui ai promis de lui envoyer une vue du monument de la Paix. Cela ne va pas plus loin, j'en ai bien peur.

— Je vois, père. Mais je conserve mes soupçons.

— Une vieille dame très agréable, mais au bout d'un moment, elle devient lassante. Si je suis son seul client, elle reste debout à côté de moi et elle parle pendant tout le repas. Malheureusement, il n'y a pas beaucoup d'autres endroits où l'on puisse manger correctement, dans les environs. Vous voyez, Etsuko, si vous m'appreniez à faire la cuisine, je ne serais plus contraint de supporter la compagnie de ce genre de personnes.

— Mais cela ne servirait à rien, dis-je en riant. Père n'y arrivera jamais.

— Balivernes. Vous avez peur que je vous surpasse, c'est tout. Vous vous montrez tout à fait égoïste, Etsuko. Voyons voir — il regarda une

225

fois de plus sa carte postale —, que pourrais-je bien raconter à la vieille dame ?

— Vous rappelez-vous Mme Fujiwara ? demandai-je. Elle vend des plats de nouilles maintenant. Près de l'ancienne maison de père.

— Oui, on me l'a dit. C'est désolant. Une personne de sa condition, tenir un commerce de nouilles.

— Mais cela lui plaît. Cela lui donne une occupation. Elle demande souvent de vos nouvelles.

— C'est désolant, répéta-t-il. Son mari était un homme remarquable. J'avais beaucoup de respect pour lui. Et maintenant elle tient un commerce de nouilles. C'est extraordinaire. » Il secoua gravement la tête. « Je serais bien allé lui présenter mes hommages, mais je crains qu'elle ne soit un peu gênée. En raison de sa situation actuelle, comprenez-vous.

— Elle n'a pas honte de vendre des nouilles, père. Elle en est fière. Elle assure qu'elle a toujours voulu tenir un commerce, aussi humble soit-il. Je suis sûre qu'elle serait ravie si vous lui rendiez visite.

— Vous dites que sa boutique est à Nakagawa ?

— Oui. Tout près de l'ancienne maison. »

Ogata-San parut soupeser la question pendant un moment. Puis il se tourna vers moi et me dit :

226

« Entendu, Etsuko. Allons la voir ». Il griffonna rapidement quelques mots sur la carte postale et me rendit le stylo.

« Vous voulez y aller tout de suite, père ? » J'étais un peu déconcertée de le voir prendre une décision aussi soudaine.

« Mais oui, pourquoi pas ?

— Très bien. Elle pourra certainement nous servir à déjeuner.

— Oui, peut-être. Mais je préférerais ne pas humilier cette bonne dame.

— Elle se fera un plaisir de nous servir à déjeuner. »

Ogata-San hocha la tête et garda un instant le silence. Puis il dit d'un ton circonspect : « À vrai dire, Etsuko, il y a déjà quelque temps que je pense à me rendre à Nakagawa. Je voudrais passer voir quelqu'un qui habite là-bas.

— Ah oui ?

— Je me demande s'il sera chez lui à cette heure-là.

— Qui voulez-vous passer voir, père ?

— Shigeo. Shigeo Matsuda. Il y a quelque temps que je songe à lui rendre visite. Peut-être déjeune-t-il chez lui : dans ce cas, j'ai une chance de l'attraper au vol. Cela vaudrait mieux que de le déranger à son école. »

227

Pendant quelques minutes, Ogata-San contempla la statue, l'air un peu perplexe. Je restai muette, les yeux fixés sur la carte postale qu'il tournait et retournait entre ses mains. Enfin, il se frappa brusquement les genoux et se leva.

« Parfait, Etsuko, dit-il, allons-y. Nous allons d'abord essayer Shigeo, puis nous rendrons visite à Mme Fujiwara ».

Il devait être à peu près midi lorsque nous prîmes le tram qui allait nous emmener à Nakagawa ; le véhicule était bondé à ne plus pouvoir respirer et les rues, au-dehors, grouillaient de monde. C'était l'heure du déjeuner. Mais à mesure que nous nous éloignions du centre de la ville, les passagers devenaient clairsemés, et lorsque nous atteignîmes le terminus, à Nakagawa, nous n'étions plus qu'une poignée.

En descendant du tram, Ogata-San s'arrêta un instant et se frotta le menton. Il était difficile de dire s'il savourait la joie de se retrouver dans son ancien quartier, ou s'il essayait simplement de se rappeler le chemin qui menait chez Shigeo Matsuda. Nous étions debout au milieu d'une aire cimentée, entourés de plusieurs tramways vides. Un réseau de câbles noirs était tendu au-dessus de nos têtes. La lumière du soleil tombait avec une certaine force, et venait resplendir sur les surfaces peintes des tramways.

« Quelle chaleur », remarqua Ogata-San en s'essuyant le front. Puis il se mit en marche, nous dirigeant vers une rangée de maisons qui commençait de l'autre côté du dépôt des trams.

Le quartier n'avait pas beaucoup changé au fil des années. Sur notre chemin, les routes étroites serpentaient, montaient et redescendaient. Des maisons, dont beaucoup m'étaient encore familières, se dressaient partout où le relief le permettait ; certaines étaient perchées de façon précaire à flanc de pente, d'autres se serraient dans des recoins insolites. Souvent, des couvertures et du linge pendaient aux balcons. Puis nous passâmes devant d'autres maisons plus imposantes, mais nous ne vîmes ni l'ancienne maison d'Ogata-San ni celle où j'avais vécu autrefois avec mes parents. Il me vint même à l'esprit qu'Ogata-San avait peut-être choisi son itinéraire de façon à les éviter.

Notre marche ne dura sans doute pas plus de dix ou quinze minutes, mais le soleil et la raideur des pentes la rendaient très fatigante. Nous nous arrêtâmes enfin à mi-hauteur d'une rue abrupte, et Ogata-San me conduisit à l'abri d'un arbre dont les branches feuillues s'inclinaient au-dessus du trottoir. Puis il m'indiqua, de l'autre côté de la rue, une vieille maison charmante dont le toit en pente était couvert de grandes tuiles dans le style traditionnel.

« Voici la demeure de Shigeo, me dit-il. Je connaissais bien son père. Pour autant que je sache, sa mère vit toujours avec lui. » Ogata-San se mit alors à se caresser le menton comme il l'avait fait quand nous étions descendus du tram. Je gardai le silence et j'attendis.

« Il se peut qu'il ne soit pas chez lui, dit Ogata-San. Il passe sans doute la pause du déjeuner dans la salle des professeurs, avec ses collègues. »

J'attendais toujours en silence. Debout à côté de moi, Ogata-San contemplait la maison. Il dit enfin :

« Etsuko, à quelle distance sommes-nous de la boutique de Mme Fujiwara ? En avez-vous la moindre idée ?

— Ce n'est qu'à quelques minutes de marche.

— En y réfléchissant, je me dis qu'il vaudrait mieux que vous y alliez directement ; je pourrais vous y rejoindre. C'est peut-être la meilleure solution.

— Très bien. Comme vous voulez.

— En fait, je me suis montré très négligent à votre égard.

— Je ne suis pas une invalide, père. »

Il eut un rire bref et jeta un nouveau regard sur la maison. « À mon avis, ce serait mieux, insista-t-il. Allez-y directement.

— Très bien.

— Je ne serai sûrement pas long. En fait — il jeta encore un coup d'œil à la maison —, en fait, vous pourriez attendre ici que j'aie tiré la sonnette. Si vous me voyez entrer, vous n'aurez qu'à continuer jusqu'à la boutique de Mme Fujiwara. Je me suis vraiment montré très négligent à votre égard.

— Ne vous inquiétez pas, père. Et maintenant, écoutez-moi bien, ou vous ne trouverez jamais la boutique. Vous vous rappelez l'endroit où était le cabinet du docteur ? »

Mais Ogata-San ne m'écoutait plus. De l'autre côté de la rue, la porte d'entrée avait coulissé, et un jeune homme maigre, portant des lunettes, avait fait son apparition. Il était en manches de chemise et tenait sous le bras une petite serviette. Il cligna un peu les yeux en s'avançant dans le soleil aveuglant, puis il se courba au-dessus de sa serviette et se mit à y fouiller. Shigeo Matsuda semblait plus maigre et plus jeune que le souvenir que m'avaient laissé de lui, les quelques occasions où je l'avais rencontré dans le passé.

IX

Shigeo Matsuda attacha la boucle de sa serviette, puis, jetant autour de lui un regard distrait, traversa la route et vint de notre côté. Il regarda un instant dans notre direction, mais ne nous reconnaissant pas, il continua son chemin.

Ogata-San le regarda passer. Puis, lorsque le jeune homme eut fait plusieurs mètres sur la route, il le héla : « Ohé, Shigeo ! »

Shigeo Matsuda s'arrêta et se retourna. Puis il vint vers nous, l'air perplexe.

« Comment allez-vous, Shigeo ? »

Le jeune homme fronça les yeux derrière ses lunettes, et éclata d'un rire joyeux.

« Mais c'est Ogata-San ! Quelle surprise inattendue ! » Il s'inclina et tendit la main. « Quelle excellente surprise. Et voilà Etsuko-San ! Comment allez-vous ? Quel plaisir de vous revoir. »

232

Nous nous inclinâmes à notre tour, et il nous serra la main à tous les deux. Puis il dit à Ogata-San :

« Aviez-vous par hasard l'intention de me rendre visite ? Ça tombe mal, ma pause de midi est presque terminée. » Il jeta un coup d'œil à sa montre. « Nous pouvons quand même rentrer pour quelques minutes.

— Non, non, se hâta de dire Ogata-San. Nous ne voulons pas vous empêcher de travailler. Il s'est trouvé que nous prenions cette rue, et je me suis rappelé que vous viviez ici. Je venais de montrer votre maison à Etsuko.

— Je vous en prie, j'ai encore quelques minutes devant moi. Permettez-moi au moins de vous offrir un peu de thé. Il fait une chaleur étouffante, dehors.

— Pas du tout. Il faut que vous alliez travailler. »

Les deux hommes se regardèrent pendant un instant, face à face.

« Et comment va la vie, Shigeo ? demanda Ogata-San. Comment cela se passe-t-il à l'école ?

— Oh, toujours un peu de la même façon. Vous savez comment c'est. Et vous, Ogata-San, j'espère que vous profitez bien de votre retraite ? Je ne savais pas du tout que vous étiez à Nagasaki. Jiro et moi, nous avons un peu perdu le contact, depuis quelque temps. » Il se tourna vers moi : « Je me dis toujours que je vais écrire, mais je suis terriblement étourdi. »

Je souris et fis une remarque polie. Les deux hommes se regardèrent à nouveau.

« Vous avez l'air en pleine forme, Ogata-San, dit Shigeo Matsuda. Vous vous plaisez à Fukuoka ?

— Oui, c'est une belle ville. C'est ma ville natale, vous savez.

— Ah bon ? »

Il y eut un nouveau silence. Puis Ogata-San reprit : « Nous ne voulons surtout pas vous retarder. Si vous devez vous dépêcher, je le comprendrai fort bien.

— Mais non, pas du tout. Il me reste quelques minutes. C'est dommage que vous ne soyez pas passé un peu plus tôt. Peut-être aurai-je le plaisir de votre visite avant votre départ de Nagasaki ?

— Oui, j'essaierai. Mais il y a tant de gens à voir…

— Oui, j'imagine.

— Et votre mère, se porte-t-elle bien ?

— Oui, elle va bien. Je vous remercie. »

Ils se turent de nouveau pendant un instant.

« Je me réjouis de savoir que tout va bien, dit enfin Ogata-San. Oui, nous passions par là et je disais justement à Etsuko-San que vous viviez ici.

Je me rappelais d'ailleurs comment vous veniez jouer avec Jiro, quand vous étiez petit. »

Shigeo Matsuda rit : « Comme le temps passe vite, n'est-ce pas ?

— Oui. C'est ce que je disais à Etsuko. En fait, j'étais sur le point de mentionner un petit fait curieux. Cela m'est revenu à l'esprit quand j'ai vu votre maison. Un petit fait assez curieux.

— Ah oui ?

— Oui. Il m'est revenu à l'esprit quand j'ai vu votre maison, tout simplement. Voyez-vous, j'ai lu un article l'autre jour. Dans une revue. La revue s'appelait *Notes sur l'éducation nouvelle*, je crois bien. »

Le jeune homme resta un instant muet, puis il rectifia sa position et posa sa serviette sur le trottoir.

« Je vois, dit-il.

— Cet article m'a un peu étonné. À vrai dire, il m'a stupéfait.

— Oui. C'est naturel, en effet.

— J'ai vraiment trouvé cela extraordinaire, Shigeo. Vraiment extraordinaire. »

Shigeo Matsuda respira profondément et regarda le sol. Il hocha la tête sans rien dire.

« Il y a déjà quelques jours que je pense à venir en parler avec vous, continua Ogata-San. Mais bien sûr, cela m'est sorti de l'esprit. Shigeo, répondez-moi franchement : croyez-vous un mot de ce que vous avez écrit ? Expliquez-moi ce qui vous a amené à écrire des choses pareilles. Expliquez-le-moi, Shigeo, que je puisse rentrer chez moi, à Fukuoka, l'esprit tranquille. Pour le moment, je suis vraiment dérouté. »

Du bout de son soulier, Shigeo Matsuda déplaçait un caillou. Il finit par soupirer, leva les yeux vers Ogata-San et remit ses lunettes en place.

« Beaucoup de choses ont changé au cours de ces dernières années, dit-il enfin.

— Bien entendu. Je m'en suis aperçu. Qu'est-ce que c'est que cette réponse, Shigeo ?

— Je vais vous expliquer, Ogata-San. » Il s'interrompit et regarda à nouveau le sol. Pendant une seconde ou deux, il se gratta l'oreille. « Voyez-vous, il faut que vous compreniez. Bien des choses ont changé maintenant. Et le monde continue à évoluer. Notre époque n'est plus celle où... où vous étiez un personnage influent.

— Mais, Shigeo, je ne vois pas le rapport. Les choses changent peut-être, mais pourquoi écrire un pareil article ? Est-ce que je vous ai fait le moindre tort ?

— Non, jamais. Du moins, rien de personnel.

— C'est ce qu'il me semble. Vous rappelez-vous le jour où je vous ai présenté au directeur de votre école ? Ce n'était pas il y a si longtemps que ça, je crois. À moins que cela aussi n'ait eu lieu à une autre époque ?

— Ogata-San — Shigeo Matsuda avait élevé la voix, et son attitude avait tout à coup quelque chose de plus assuré —, Ogata-San, je regrette que vous ne soyez pas venu une heure plus tôt. J'aurais peut-être pu alors m'expliquer de façon plus développée. Nous n'avons plus le temps, maintenant, d'aborder la question dans son ensemble. Mais permettez-moi de vous dire au moins ceci. Oui, j'étais convaincu de tout ce que j'ai dit dans cet article, et je le suis encore. De votre temps, on enseignait aux enfants du Japon des choses déplorables. On leur enseignait des mensonges de l'espèce la plus nocive. Pire encore : on leur apprenait à ne pas ouvrir les yeux, à ne rien remettre en question. Et voilà pourquoi le pays a été plongé dans le désastre le plus funeste de son histoire.

— Nous avons peut-être perdu la guerre, coupa Ogata-San, mais ce n'est pas une raison pour singer les mœurs de l'ennemi. Nous avons perdu la guerre parce que nous manquions d'armes et de tanks, et non parce que notre peuple était lâche, ou notre civilisation inconsistante. Vous ne vous doutez pas, Shigeo, de la peine que se sont donnée des hommes comme moi ou comme le Dr Endo, que vous insultez également dans votre article. Nous étions animés par l'amour de notre patrie, et nous nous sommes efforcés de préserver et de transmettre les valeurs les plus justes.

— Je n'en doute pas. Je sais que vous étiez sincères et travailleurs. Pas un instant je n'ai mis cela en question. Mais il se trouve que vous dépensiez votre énergie en faveur d'un objectif mal choisi, d'une mauvaise cause. Vous n'en avez pas conscience, mais j'ai bien peur que ce soit la vérité. Tout cela est derrière nous maintenant, et nous ne pouvons que nous en féliciter.

— C'est extraordinaire, Shigeo. Comment pouvez-vous croire des choses pareilles ? Qui vous a appris à parler ainsi ?

— Ogata-San, soyez honnête avec vous-même. Au fond de votre cœur, vous devez savoir que ce que je dis est vrai. Il faut être juste : on ne peut pas vous reprocher de ne pas mesurer les conséquences réelles de vos actes. À l'époque, rares étaient les hommes capables de voir où tout cela allait mener, et ces hommes ont été mis en prison pour avoir dit ce qu'ils pensaient. Mais ils sont libres maintenant, et ils nous guideront vers une aube nouvelle.

— Une aube nouvelle ? Qu'est-ce que c'est que ces fariboles ?

« — Je dois partir maintenant. Je regrette que nous ne puissions en discuter plus longtemps.

— Que dites-vous là, Shigeo ? Comment pouvez-vous parler ainsi ? Vous ne soupçonnez rien des efforts qu'un homme comme le Dr Endo déployait dans son travail, du dévouement dont il faisait preuve. Vous n'étiez qu'un petit garçon, comment auriez-vous pu savoir ce qu'il en était ? Comment pouvez-vous savoir ce que nous avons donné et ce que nous avons accompli ?

— Il se trouve, en fait, que je connais assez bien certains aspects de votre carrière. Par exemple, le renvoi et l'incarcération des cinq professeurs de Nishizaka. Avril 1938, si je ne me trompe. Mais ces hommes sont libres aujourd'hui, et ils nous aideront à marcher vers une aube nouvelle. Et maintenant, je vous prie de m'excuser. » Il ramassa sa serviette et s'inclina tour à tour devant nous. « Saluez Jiro de ma part », ajouta-t-il, après quoi il tourna les talons et s'éloigna.

Ogata-San regarda le jeune homme disparaître en bas de la pente. Pendant un bon moment, il resta immobile et muet. Lorsqu'il se tourna enfin vers moi, un sourire dansait autour de ses yeux.

« Qu'ils sont sûrs d'eux, ces jeunes gens, dit-il. J'imagine qu'autrefois, j'étais un peu pareil. Très catégorique dans mes opinions.

— Père, dis-je. Nous devrions peut-être aller voir Mme Fujiwara. Il est temps que nous déjeunions.

— Mais naturellement, Etsuko. Je suis vraiment négligent de vous forcer à rester debout dans cette chaleur. Oui, allons voir cette bonne dame. Je serai enchanté de la revoir. »

Nous descendîmes la colline et passâmes une rivière étroite sur un pont de bois. En contrebas, sur la berge, des enfants jouaient ; certains avaient des cannes à pêche. À un moment, je dis à Ogata-San :

« Quelles bêtises il racontait.

— Qui ? Vous parlez de Shigeo ?

— Quelles bêtises honteuses. À mon avis, père, vous ne devriez pas y prêter la moindre attention. »

Ogata-San rit, mais ne répondit pas.

Comme toujours à cette heure-là, les rues commerçantes du quartier étaient pleines de monde. En arrivant dans la cour ombragée, devant l'échoppe, je vis avec plaisir que plusieurs tables étaient occupées par des clients. Mme Fujiwara nous aperçut et traversa la cour.

« Ah, Ogata-San, s'exclama-t-elle, le reconnaissant aussitôt, quelle joie de vous revoir. Cela fait longtemps, n'est-ce pas ?

« — Très longtemps, en vérité. » Ogata-San s'inclina en réponse au salut de Mme Fujiwara. « Oui, très longtemps. »

Je fus étonnée par la chaleur de leurs retrouvailles ; à ma connaissance, en effet, Ogata-San et Mme Fujiwara ne s'étaient jamais beaucoup fréquentés. Ils échangèrent des inclinations à n'en plus finir, après quoi Mme Fujiwara alla nous chercher de quoi manger.

Elle revint rapidement avec deux bols fumants, en s'excusant de ne rien avoir de meilleur à nous offrir. Ogata-San s'inclina d'un air élogieux et se mit à manger.

« Je croyais que vous m'aviez oublié depuis un moment, Mme Fujiwara, observa-t-il en souriant. Cela fait si longtemps !

— Je suis si heureuse de vous revoir, dit Mme Fujiwara en s'asseyant au bord de mon banc. Etsuko m'a appris que vous habitiez maintenant à Fukuoka. Je me suis rendue plusieurs fois à Fukuoka. Quelle belle ville, n'est-ce pas ?

— Oui, en effet. C'est ma ville natale.

— Fukuoka, votre ville natale ? Mais vous avez vécu et travaillé ici pendant des années, Ogata-San. Rien ne nous donne le droit de vous revendiquer, nous autres de Nagasaki ? »

Ogata-San rit et pencha la tête de côté. « On a beau œuvrer en un lieu, y apporter sa contribu-

241

tion, en fin de compte — il haussa les épaules et sourit pensivement —, en fin de compte, on a quand même envie de retourner à l'endroit où l'on a grandi. »

Mme Fujiwara eut un hochement de tête approbateur. Puis elle dit : « Justement, Ogata-San, je me rappelais l'époque où vous étiez proviseur de l'école de Sui-chi. Vous lui faisiez terriblement peur. »

Ogata-San rit : « Oui, je me souviens bien de votre Suichi. Un enfant doué. Très doué.

— C'est vrai, Ogata-San, vous vous souvenez encore de lui ?

— Mais oui, bien sûr, je me souviens de Suichi. Il était très travailleur. Un gentil petit garçon.

— Oui, c'était un gentil petit garçon. »

Ogata-San indiqua son bol du bout de ses baguettes. « C'est absolument délicieux.

— Pas du tout. Je regrette de ne rien avoir de meilleur à vous donner.

— Je vous assure que c'est excellent.

— Attendez un peu, dit Mme Fujiwara. Il y avait un professeur, à l'époque, qui était très gentille avec Suichi. Voyons, comment s'appelait-elle ? Suzuki, je crois, Mlle Suzuki. Avez-vous idée de ce qu'elle est devenue, Ogata-San ?

— Mlle Suzuki ? Oui, je m'en souviens bien. Mais malheureusement, je ne sais pas du tout ce qu'elle a pu devenir.

— Elle était très gentille avec Suichi. Et cet autre professeur, un nommé Kuroda. Un jeune homme très bien.

— Kuroda… » Ogata-San hocha lentement la tête. « Mais oui, Kuroda. Je me souviens de lui. Un excellent professeur.

— Oui, un jeune homme remarquable. Mon mari avait beaucoup d'estime pour lui. Vous ne savez pas ce qu'il est devenu ?

— Kuroda… » Ogata-San continuait à hocher la tête, comme pour lui-même. Un rayon de soleil lui éclairait le visage, révélant les nombreuses rides qui entouraient ses yeux. « Kuroda : voyons un peu. Je l'ai rencontré une fois, tout à fait par hasard. C'était au début de la guerre. Je suppose qu'il est parti combattre. Je n'ai plus jamais eu de ses nouvelles. Oui, c'était un professeur remarquable. Ils sont nombreux, les gens de cette époque dont je n'ai plus de nouvelles. »

Quelqu'un appela Mme Fujiwara et nous la regardâmes se hâter vers la table de son client, de l'autre côté de la cour. Elle y resta un bon moment, s'inclinant à plusieurs reprises, puis elle enleva quelques plats de la table et disparut dans la cuisine.

Ogata-San l'observa, puis secoua la tête. « C'est désolant de la voir dans cette situation », dit-il à voix basse. Je ne répondis rien et continuai à manger. Ogata-San se pencha par-dessus la table et demanda : « Etsuko, pouvez-vous me rappeler le nom de son fils ? Je veux dire, celui qui a survécu.

— Kazuo », murmurai-je.

Il acquiesça, puis revint à son bol de nouilles.

Quelques instants plus tard, Mme Fujiwara était de retour. « Comme je regrette de ne rien avoir de meilleur à vous offrir, dit-elle.

— Mais pas du tout, protesta Ogata-San. C'est délicieux. Et comment va Kazuo-San en ce moment ?

— Il va bien. Il est en bonne santé, et il est content de son travail.

— C'est parfait. Etsuko m'a dit qu'il travaillait dans une entreprise d'automobiles ?

— Oui, et il y réussit très bien. Qui plus est, il songe à se remarier.

— Vraiment ?

— Il avait déclaré qu'il ne se remarierait jamais, mais il se met à penser à l'avenir. Il n'a encore personne en vue, mais du moins commence-t-il à regarder en avant.

— Voilà qui est raisonnable, approuva Ogata-San. Il est encore tout jeune, n'est-ce pas ?

— Mais oui, bien sûr. Il a encore la vie devant lui.

— Mais oui, absolument. La vie devant lui. Il faut que vous lui trouviez une jeune fille bien, madame Fujiwara. »

Elle rit. « Ne croyez pas que je n'ai pas essayé. Mais les jeunes filles sont vraiment différentes, à présent. Tout a tellement changé, et à une telle vitesse ! Je n'en reviens pas.

— Comme vous avez raison. Aujourd'hui, les jeunes femmes sont toutes si têtues. Et elles ne savent parler que de machines à laver et de robes américaines. D'ailleurs, Etsuko est pareille.

— Oh, père, qu'est-ce que vous racontez ? »

Mme Fujiwara rit à nouveau, et dit : « Je me rappelle la première fois que j'ai entendu parler d'une machine à laver. Je n'arrivais pas à croire qu'on puisse vouloir un engin pareil. Dépenser tout cet argent, alors qu'on a deux mains qui ne demandent qu'à travailler. Mais je suis sûre qu'Etsuko ne serait pas d'accord avec moi. »

J'étais sur le point de parler, mais Ogata-San fut plus rapide : « Écoutez un peu, dit-il, l'histoire que j'ai entendue l'autre jour. En fait, c'est d'un collègue de Jiro que je la tiens. Apparemment, lors des dernières élections, sa femme a refusé de se mettre d'accord avec lui sur le parti de son choix. Il a été forcé de la battre, mais elle n'a pas cédé. Et pour finir, ils ont voté pour deux partis différents. Est-ce qu'une chose pareille aurait pu se produire autrefois, à votre avis ? C'est vraiment extraordinaire. »

Mme Fujiwara secoua la tête. « Tout est si différent maintenant, soupira-t-elle. Mais Etsuko me dit que la réussite de Jiro-San est remarquable. Vous devez être fier de lui, Ogata-San.

— Oui, voilà un garçon qui réussit plutôt bien. En fait, aujourd'hui même, il doit représenter son entreprise à une réunion d'une grande importance. Apparemment, ils songent de nouveau à lui donner de l'avancement.

— C'est merveilleux.

— Il a déjà été promu l'année dernière. J'ai l'impression que ses supérieurs ont une excellente opinion de lui.

— C'est merveilleux. Vous devez être très fier de lui.

— C'est un garçon travailleur, il n'y a pas de doute. Il l'a toujours été, dès sa prime jeunesse. Je me souviens, quand il était petit : tous les autres pères passaient leur temps à dire à leurs enfants de travailler plus dur, et moi, j'étais forcé de lui répéter qu'il fallait jouer un peu plus, que ce n'était pas bon d'étudier tout le temps. »

Mme Fujiwara rit et secoua la tête. « Oui, Kazuo aussi est très travailleur. Souvent, en

pleine nuit, il est encore plongé dans ses papiers.
Je lui dis qu'il ne devrait pas travailler aussi dur ;
mais il ne m'écoute pas.

— Non, ils n'écoutent jamais. Et je dois reconnaître que j'étais bien pareil. Mais quand on
croit à ce qu'on fait, on n'a pas envie de rester
oisif. Ma femme me disait toujours de me repo-
ser, mais je ne l'écoutais pas.

— Oui, Kazuo est exactement comme ça.
Mais il faudra qu'il change ses habitudes, s'il se
remarie.

— N'y comptez pas trop », dit Ogata-San en
riant. Il posa soigneusement ses baguettes en travers de son bol. « Eh bien, ce repas était excellent.

— Pas du tout. Je regrette de n'avoir rien eu
de meilleur à vous offrir. En voulez-vous encore
un peu ?

— S'il vous en reste un peu à me donner, j'en
serais ravi. Par les temps qui courent, vous savez,
il faut que j'en profite quand la cuisine est
bonne.

— Pas du tout », répéta Mme Fujiwara en se
mettant debout.

Nous n'étions pas rentrés depuis longtemps
lorsque Jiro rentra du travail, une bonne heure
plus tôt que d'habitude. Il salua gaiement son

père, ayant apparemment tout à fait oublié sa colère de la veille, et partit prendre un bain. Il revint un peu plus tard, vêtu d'un kimono et fredonnant en sourdine. Il s'assit sur un coussin et entreprit de s'essuyer les cheveux.

« Alors, comment ça s'est passé ? demanda Ogata-San.

— Pardon ? Ah, tu parles de la réunion. Pas mal. Pas mal du tout. »

Je m'apprêtais à aller dans la cuisine, mais je m'arrêtai sur le pas de la porte pour entendre ce que Jiro avait à dire. Son père, lui aussi, garda les yeux fixés sur lui. Pendant un bon moment, Jiro continua à s'essuyer les cheveux sans nous regarder ni l'un ni l'autre.

« En fait, dit-il enfin, je crois que je m'en suis plutôt bien tiré. J'ai persuadé leurs représentants de signer un accord. Ce n'est pas vraiment un contrat, mais dans la pratique, cela revient au même. Mon patron était un peu surpris. Il est rare de les voir s'engager de cette façon. Il m'a donné congé pour le reste de la journée.

— Mais ce sont d'excellentes nouvelles. » Ogata-San rit. Il me jeta un regard, puis il se tourna à nouveau vers son fils. « Ce sont d'excellentes nouvelles.

— Félicitations, dis-je à mon mari en souriant. Je suis si contente. »

Jiro leva les yeux comme s'il venait juste de remarquer ma présence.

« Pourquoi restes-tu plantée là ? demanda-t-il.
Je prendrais bien un peu de thé, tu sais. » Il posa
sa serviette et se mit à se peigner.

Ce soir-là, pour célébrer la réussite de Jiro, je
confectionnai un repas un peu plus recherché
que d'habitude. Ogata-San ne fit allusion ni pendant le dîner ni pendant le reste de la soirée à sa
rencontre, ce jour-là, avec Shigeo Matsuda. Mais
au moment où nous commencions à manger, il
dit brusquement :

« Je vais vous quitter demain, Jiro. »

Jiro leva les yeux. « Tu t'en vas ? Quel dommage. Eh bien, j'espère que tu es content de ton
séjour.

— Oui, je me suis bien reposé. En fait, je suis
resté avec vous un peu plus longtemps que prévu.

— Tu es le bienvenu, père, dit Jiro. Ne te
presse pas de partir, je t'en prie.

— Merci, mais il faut que je rentre. J'ai un
certain nombre de tâches qui m'attendent.

— Reviens nous voir dès que cela te sera possible, dans ce cas.

— Père, dis-je. Il faut que vous veniez voir le
bébé quand il sera là. »

Ogata-San sourit. « Alors, peut-être vers le
Nouvel An. Mais j'attendrai ce moment-là pour

249

venir vous importuner, Etsuko. Vous aurez bien assez de travail sur les bras sans devoir en plus vous occuper de moi.

— Quel dommage que tu sois tombé sur une période aussi chargée pour moi, dit mon mari. La prochaine fois, je serai peut-être moins occupé, et nous aurons le temps de parler davantage.

— Allons, Jiro, ne t'inquiète pas. Rien ne pouvait me faire plus plaisir que de voir combien tu te consacres à ton travail.

— Maintenant que cette transaction a enfin été conclue, je vais avoir un peu plus de temps. C'est dommage que tu doives justement rentrer maintenant. Et moi qui songeais à prendre deux jours de congé. Enfin, on ne peut rien y faire, apparemment. »

Je l'interrompis : « Père, si Jiro prend quelques jours de congé, ne pouvez-vous pas rester une semaine de plus ? »

Mon mari cessa de manger, mais ne leva pas les yeux.

« C'est tentant, dit Ogata-San, mais je crois vraiment qu'il est temps que je rentre. »

Jiro se remit à manger. « Quel dommage, dit-il.

— Oui, il faut vraiment que je termine la véranda avant la venue de Kikuko et de son mari. Ils vont certainement vouloir venir cet automne. »

Jiro ne répondit pas et nous continuâmes à manger en silence. Quelque temps plus tard, Ogata-San dit :

« En plus, je ne peux pas passer toutes mes journées assis ici à penser aux échecs. » Il eut un rire un peu bizarre.

Jiro hocha la tête sans rien dire. Ogata-San rit à nouveau, puis, à nouveau, nous mangeâmes tous en silence.

« T'arrive-t-il de boire du saké, père ? demanda Jiro au bout d'un moment.

— Du saké ? J'en prends une goutte de temps en temps. Pas souvent.

— Puisque c'est ta dernière soirée avec nous, nous pourrions peut-être boire un peu de saké. »

Ogata-San parut réfléchir à cette proposition. Il dit enfin avec un sourire : « Inutile de te mettre en frais pour un vieux bonhomme comme moi. Mais je te tiendrai compagnie pour fêter ton avenir glorieux. »

Jiro me fit signe. J'allai jusqu'au placard et j'en sortis une bouteille et deux petites tasses.

« J'ai toujours pensé que tu irais loin, dit Ogata-San. Tu m'as toujours donné beaucoup d'espérances.

— Même avec ce qui s'est passé aujourd'hui, rien ne garantit que j'obtiendrai cette promotion, dit mon mari. Mais je pense que le travail que j'ai fait aujourd'hui ne nuira pas à mes intérêts.

— En effet, dit Ogata-San. Il me semble qu'aujourd'hui, tu n'as rien fait qui puisse nuire à tes intérêts. »

En silence, ils me regardèrent servir le saké. Puis Ogata-San posa ses baguettes et leva sa tasse.

« À ton avenir, Jiro. »

Mon mari, qui avait encore un peu de nourriture dans sa bouche, leva lui aussi sa tasse.

« Et au tien, père », dit-il.

Je m'en aperçois, la mémoire n'est pas toujours digne de confiance ; les souvenirs revêtent souvent une teinte qui leur est donnée par les circonstances dans lesquelles on se souvient, et ceci s'applique certainement à certaines des réminiscences que j'ai rassemblées ici. Par exemple, je suis tentée de me persuader que cet après-midi-là, j'ai eu une prémonition, que la vision pénible qui vint envahir mon esprit ce jour-là n'avait rien de commun avec toutes ces rêveries qui traversent l'imagination au cours des longues heures vides, qu'elle avait un caractère plus intense, une présence plus forte.

Selon toute vraisemblance, cela n'avait rien de si exceptionnel. Plus encore que les premiers meurtres d'enfants, la tragédie de la petite fille retrouvée pendue à un arbre avait horrifié le voisinage, et je n'étais certainement pas la seule, cet été-là, à être hantée par de telles images.

C'était à la fin de l'après-midi, un ou deux jours après notre promenade à Inasa, et je m'occupais à de menues besognes dans l'appartement lorsque par hasard, je jetai un coup d'œil par la fenêtre. Le terrain vague devait avoir considérablement durci depuis que j'avais vu pour la première fois la grosse voiture américaine, car elle roulait maintenant sur la surface inégale sans difficulté particulière. Je la voyais se rapprocher ; elle passa en cahotant sur le terre-plein cimenté, en bas de ma fenêtre. La lumière réfléchie sur le pare-brise m'empêchait de distinguer nettement les passagers, mais j'eus l'impression que le conducteur n'était pas seul. La voiture contourna l'immeuble et sortit de mon champ de vision.

Je pense que cela a dû se passer à ce moment-là, au moment où je tournais les yeux vers la maisonnette, l'esprit quelque peu troublé. Sans cause apparente, l'image atroce vint s'imposer à moi, et je m'écartai de la fenêtre avec une sensation de malaise. Je me remis à mon ménage, m'efforçant de chasser cette vision de mon esprit, mais il me fallut quelques minutes avant de m'en sentir suffisamment libérée pour m'intéresser à la réapparition de la grosse voiture blanche.

Environ une heure après, je vis quelqu'un traverser le terrain vague dans la direction de la maisonnette. J'abritai mes yeux pour mieux voir ; c'était une femme, elle était maigre, et elle marchait d'un pas lent et mesuré. Elle s'arrêta un instant devant la maison, puis elle disparut sous la pente du toit. Je continuai à regarder, mais je ne la vis pas reparaître ; selon toutes apparences, la femme était entrée.

Un long moment, je restai à la fenêtre, ne sachant que faire. Enfin, je mis des sandales et je sortis de l'appartement. Dehors, c'était l'heure la plus chaude du jour, et la traversée de ces quelques arpents desséchés sembla durer une éternité. Pour tout dire, la marche jusqu'à la maisonnette me fatigua à un tel point que lorsque j'y arrivai enfin, j'avais presque oublié le motif de mon expédition. Aussi ressentis-je un certain trouble en entendant des voix dans la maisonnette. L'une des voix était celle de Mariko, mais l'autre m'était inconnue. Je m'approchai de l'entrée, sans parvenir à distinguer des mots compréhensibles. Je restai là un long moment à me demander ce que j'allais faire. Puis je fis coulisser la porte d'entrée et j'annonçai ma présence. Les voix se turent. J'attendis encore un instant, après quoi je pénétrai à l'intérieur.

X

Après la lumière éclatante du dehors, l'intérieur de la maisonnette paraissait frais et sombre. Ici et là, de vifs rayons de soleil s'infiltraient par des fentes étroites et projetaient sur le tatami des petites taches lumineuses. L'odeur de bois humide semblait aussi forte que jamais.

Il fallut une seconde ou deux à mes yeux pour s'habituer à l'obscurité. Une vieille femme était assise sur le tatami, face à Mariko. En se tournant vers moi, la vieille femme bougea la tête avec précaution, comme si elle avait eu peur de se faire mal au cou. Son visage était émacié et d'une pâleur crayeuse, ce qui, au début, me mit très mal à l'aise. On pouvait lui donner environ soixante-dix ans, mais la maigreur de son cou et de ses épaules pouvait aussi bien provenir de la mauvaise santé que du grand âge. Son kimono, d'une couleur sombre, éteinte, était de ceux qu'on porte habituellement en cas de deuil. Ses yeux aux paupières tombantes m'observaient sans manifester la moindre émotion.

« Bonjour », dit-elle enfin.

Je m'inclinai légèrement et répondis par une quelconque salutation. Pendant quelques secondes, nous échangeâmes des regards gênés.

« Êtes-vous une voisine ? » demanda la vieille femme. Elle parlait en articulant avec lenteur.

« Oui, dis-je. Une amie. »

Pendant un moment, elle continua à me regarder, puis demanda : « Savez-vous où est partie la personne qui habite ici ? Elle a laissé l'enfant ici toute seule. »

La petite fille avait changé de position, se retrouvant assise à côté de l'inconnue. Lorsque la vieille femme m'interrogea, Mariko me regarda fixement.

« Non, je n'en ai pas la moindre idée, répondis-je.

— C'est étrange, reprit la femme. L'enfant non plus ne semble pas le savoir. Je me demande où elle peut être. Je ne peux pas rester longtemps. »

Nous continuâmes à nous observer pendant quelque temps encore.

« Venez-vous de loin ? demandai-je.

— Oui, d'assez loin. Je vous prie d'excuser mes vêtements. Je viens d'assister à un enterrement.

— Je comprends. » Je m'inclinai à nouveau.

« Un événement bien affligeant, dit la vieille femme en hochant lentement la tête, comme pour elle-même. Un ancien collègue de mon père. Mon père est trop malade pour quitter la chambre. Il m'a chargée de transmettre ses condoléances. Quel événement affligeant. » Elle promena son regard tout autour de la pièce, bougeant toujours la tête avec autant de soin. « Vous n'avez pas idée de l'endroit où elle se trouve ? demanda-t-elle à nouveau.

— Non, malheureusement.

— Je ne peux pas l'attendre longtemps. Mon père va s'inquiéter.

— Puis-je lui transmettre un message ? »

La vieille femme mit un moment à me répondre. Puis elle dit : « Vous pourriez peut-être lui dire que je suis venue et que j'ai demandé de ses nouvelles. Je suis une parente. Je m'appelle Yasuko Kawada.

— Yasuko-San ? » Je m'efforçai de dissimuler ma surprise. « Vous êtes Yasuko-San, la cousine de Sachiko ? »

La vieille femme s'inclina, et ce mouvement imprima à ses épaules un léger tremblement. « Si vous voulez bien lui dire que je suis venue ici et que j'ai demandé de ses nouvelles. Vous ne savez vraiment pas où elle pourrait être ? »

À nouveau, j'affirmai ne rien savoir. La femme se remit à hocher la tête.

« Nagasaki n'a plus du tout le même aspect maintenant, dit-elle. Cet après-midi, c'est à peine si j'ai reconnu la ville.

— En effet, dis-je. Il y a certainement eu beaucoup de changements. Mais ne vivez-vous pas à Nagasaki ?

— Il y a maintenant bien des années que nous vivons à Nagasaki. Comme vous dites, il y a eu beaucoup de changements. De nouveaux bâtiments ont fait leur apparition, et même de nouvelles rues. La dernière fois que je suis sortie en ville, ce devait être au printemps. Et même depuis, de nouveaux bâtiments ont fait leur apparition. Je suis sûre qu'ils n'étaient pas là au printemps. D'ailleurs, cette fois-là aussi, je crois que j'étais allée assister à un enterrement. Oui, c'était l'enterrement de Yamashita-San. Un enterrement au printemps, cela paraît encore plus triste. Vous êtes une voisine, dites-vous ? Eh bien, je suis enchantée de faire votre connaissance. » Son visage trembla et je vis qu'elle souriait ; ses yeux s'étaient rétrécis à l'extrême, et les coins de sa bouche se courbaient, non pas vers le haut, mais vers le bas. Je n'étais pas à mon aise, debout dans l'entrée, mais je n'osais pas m'avancer sur le tatami.

« Je suis très heureuse de vous rencontrer, dis-je. Sachiko parle souvent de vous.

— Elle parle de moi ? » Pendant un moment, la femme parut réfléchir à ce que je venais de dire. « Nous nous attendions à ce qu'elle vienne vivre avec nous. Avec mon père et moi. Elle vous l'a peut-être dit.

— Oui, en effet.

— Nous l'attendions il y a trois semaines. Mais elle n'est pas encore venue.

— Il y a trois semaines ? Sans doute y a-t-il eu un malentendu. Je sais qu'elle se prépare à déménager prochainement. »

Les yeux de la vieille femme firent encore une fois le tour de la maisonnette. « Je regrette qu'elle ne soit pas ici, dit-elle. Mais si vous êtes sa voisine, je suis très contente d'avoir fait votre connaissance. » Elle s'inclina de nouveau à mon adresse, puis se remit à m'observer. « Peut-être voudrez-vous bien lui transmettre un message, dit-elle.

— Mais oui, certainement. »

Pendant quelque temps, la femme garda le silence. Enfin elle reprit : « Nous avons eu un léger désaccord, elle et moi. Peut-être même vous en a-t-elle parlé. Un malentendu, rien de plus. Le lendemain, j'ai été très étonnée de découvrir qu'elle avait fait ses bagages et qu'elle était partie. Vraiment très étonnée. Je ne voulais pas l'offenser. Mon père affirme que je suis fautive. » Elle s'interrompit un instant. « Je ne voulais pas l'offenser », répéta-t-elle.

Jusqu'à présent, il ne m'était jamais venu à l'esprit que l'oncle et la cousine de Sachiko pouvaient ignorer l'existence de son ami américain. Je m'inclinai à nouveau, ne sachant que répondre.

« Elle m'a manqué depuis son départ, je l'avoue, poursuivit la vieille femme. Mariko-San aussi m'a manqué. J'appréciais leur compagnie, et j'ai été stupide de perdre mon calme et de lui dire ce que j'ai dit. » Elle se tut à nouveau, tourna le visage vers Mariko, puis de nouveau vers moi. « À sa façon, mon père les regrette aussi. Il entend toujours, comprenez-vous. Il se rend compte que la maison est bien plus silencieuse. L'autre matin, je l'ai trouvé éveillé, et il m'a dit que cela lui rappelait un tombeau. C'est comme un tombeau, m'a-t-il dit. Cela ferait beaucoup de bien à mon père, si elles revenaient. Peut-être qu'elle reviendra pour lui.

— Soyez sûre que je ferai part de vos sentiments à Sachiko, dis-je.

— Pour elle, aussi, dit la vieille femme. Après tout, ce n'est pas bon pour une femme de ne pas avoir un homme qui la guide. Une telle situation ne peut être que néfaste. Mon père est malade, mais sa vie n'est pas en danger. Elle devrait revenir maintenant, dans son propre intérêt, en dehors de toute autre raison. » La vieille femme se mit à défaire un balluchon posé à côté d'elle. « Au fait, voilà ce que j'ai apporté, dit-elle. Ce ne sont que des gilets que j'ai tricotés, rien de plus. Mais c'est de la belle laine. Je comptais les lui offrir à son retour, mais je les ai pris avec moi aujourd'hui. J'ai commencé par en tricoter un pour Mariko, et puis je me suis dit que je pouvais aussi bien en faire un autre pour sa mère. » Elle déplia un des gilets et regarda la petite fille. À nouveau, sa bouche se courba vers le bas dans un sourire.

« Ils ont l'air magnifiques, dis-je. Cela a dû vous prendre beaucoup de temps.

— C'est de la belle laine », répéta la femme. Elle empaqueta de nouveau les gilets et noua soigneusement le balluchon. « Et maintenant, il faut que je parte. Mon père va s'inquiéter. »

Elle se mit debout et descendit du tatami. Je l'aidai à mettre ses sandales en bois. Mariko s'était avancée jusqu'au bord du tatami, et la vieille femme effleura le sommet de sa tête.

« Rappelle-toi bien, Mariko-San, dit-elle, tu dois répéter à ta mère ce que je t'ai dit. Et ne te fais pas de souci pour tes chatons. Il y a assez de place dans la maison pour eux tous.

— Nous viendrons bientôt, répondit Mariko. J'en parlerai à maman. »

La femme sourit à nouveau. Puis elle se tourna vers moi et s'inclina. « Je suis heureuse d'avoir fait votre connaissance. Je ne peux pas rester plus longtemps. Vous comprenez, mon père est souffrant. »

« Ah, c'est vous, Etsuko », dit Sachiko lorsque je revins chez elle, le soir même. Puis elle rit : « N'ayez pas l'air aussi surprise. Vous ne pensiez quand même pas que j'allais rester ici éternellement ? »

Des vêtements, des couvertures, toutes sortes d'objets étaient éparpillés sur le tatami. Je trouvai quelque chose à répondre et je m'assis à l'écart pour ne pas la gêner. Par terre, à côté de moi, je remarquai deux kimonos qui paraissaient superbes et que je n'avais jamais vu Sachiko porter. Je vis aussi, au milieu du plancher, emballé dans un carton, son service de fine porcelaine blanche.

Sachiko avait ouvert largement les cloisons centrales afin de laisser entrer les dernières lueurs du jour ; malgré cela, la pénombre gagnait la pièce rapidement, et les rayons du soleil couchant, venus par la véranda, atteignaient à peine le fond de la maisonnette, où Mariko, assise dans un coin, regardait sa mère en silence. Près d'elle, deux chatons jouaient à se battre ; la petite fille tenait un troisième chaton dans ses bras.

« Je suppose que Mariko vous en a parlé, dis-je à Sachiko. Vous avez eu de la visite tout à l'heure. Votre cousine est venue.

— Oui, Mariko m'en a parlé. » Sachiko continuait à remplir sa malle.

« Vous partez demain matin ?

— Oui », dit-elle d'une voix un peu impatiente. Puis elle poussa un soupir et leva les yeux vers moi. « Oui, Etsuko, nous partons demain matin. » Elle plia quelque chose qu'elle rangea dans un coin de la malle.

« Vous avez une telle quantité de bagages, dis-je un peu plus tard. Comment allez-vous faire pour tout transporter ? »

D'abord, elle ne répondit pas. Puis, tout en continuant à tout emballer, elle dit : « Vous le savez très bien, Etsuko. Nous allons tout mettre dans la voiture. »

Je restai muette. Elle respira profondément et tourna les yeux vers l'endroit où j'étais assise, de l'autre côté de la pièce.

« Oui, Etsuko, nous quittons Nagasaki. J'avais l'intention de venir vous dire au revoir une fois les bagages faits, je vous l'assure. Je ne serais pas partie sans vous remercier, vous avez été si gentille. À propos, en ce qui concerne le prêt, il vous sera remboursé par voie postale. Ne vous faites aucun souci à ce sujet, je vous en prie. » Elle se remit à faire ses valises.

« Où est-ce que vous partez ? demandai-je.

— À Kobé. Maintenant, tout est décidé, une bonne fois pour toutes.

— À Kobé ?

— Oui, Etsuko, à Kobé. Et ensuite, en Amérique. Frank a tout arrangé. Vous n'êtes pas contente pour moi ? » Elle eut un bref sourire et se détourna à nouveau.

Je continuai à l'observer. Mariko la regardait, elle aussi. Le chaton qu'elle tenait se débattait pour rejoindre ses compagnons sur le tatami, mais la petite fille le serrait fermement dans ses bras. Près d'elle, dans le coin de la pièce, je vis la caisse à légumes qu'elle avait gagné au *kujibiki* ; apparemment, Mariko avait transformé la caisse en maison pour ses chats.

« Au fait, Etsuko, cette pile, là-bas — Sachiko me la montra du doigt — ce sont des choses que je suis forcée de laisser ici. Je ne me rendais pas compte qu'il y en avait tant. Il y a des affaires d'une qualité tout à fait correcte. Prenez-les, je vous en prie, si vous le désirez. Bien sûr, je ne veux pas vous froisser. C'est simplement que beaucoup de ces choses sont de bonne qualité.

— Et votre oncle ? demandai-je. Et votre cousine ?

— Mon oncle ? » Elle haussa les épaules. « C'était gentil de sa part de m'inviter chez lui. Mais que voulez-vous, j'ai d'autres projets maintenant. Vous n'imaginez pas, Etsuko, à quel point je serai soulagée de partir d'ici. J'espère que c'est la dernière fois que je vois un endroit aussi sordide. » Puis elle jeta de nouveau un regard vers moi et se mit à rire. « Je sais exactement ce que vous êtes en train de penser. Mais je vous assure que vous vous trompez, Etsuko. Cette fois-ci, il ne me laissera pas tomber. Il sera ici avec la voiture, demain matin à la première heure. Vous n'êtes pas contente pour moi ? » Sachiko jeta un regard circulaire sur les bagages qui jonchaient le sol et soupira. Puis, enjambant une pile de vêtements, elle s'agenouilla près du carton qui contenait le service à thé et entreprit de le bourrer de pelotes de laine.

266

« Est-ce que tu as décidé ce qu'on allait faire ? demanda brusquement Mariko.

— Nous ne pouvons pas en discuter maintenant, Mariko, dit sa mère. Je suis occupée.

— Mais tu avais dit que je pourrais les garder. Tu ne te rappelles pas ? »

Sachiko secoua doucement le carton ; on entendait toujours les pièces s'entrechoquer. Elle regarda un peu partout, trouva un chiffon et se mit à le déchirer en bandes.

« Tu avais dit que je pourrais les garder, répéta Mariko.

— S'il te plaît, Mariko, réfléchis un peu. Comment veux-tu que nous emportions toutes ces bestioles ?

— Mais tu avais dit que je pourrais les garder. »

Sachiko soupira, et pendant un moment, parut retourner une idée dans sa tête. Elle examinait le service à thé, les morceaux de tissu dans les mains.

« Tu l'avais dit, maman, continua Mariko. Tu ne te rappelles pas ? Tu avais dit que je pourrais. »

Sachiko leva les yeux vers sa fille, puis les tourna vers les chatons. « La situation n'est plus la même », dit-elle avec lassitude. Puis une vague de colère passa sur son visage, et elle jeta à terre les morceaux de tissu. « Mariko, comment peux-tu attacher tant d'importance à ces bêtes ? Comment veux-tu que nous les emportions ? Non, il va falloir les laisser ici.

— Mais tu avais dit que je pourrais les garder. »

Pendant un moment, Sachiko fixa sur sa fille un regard furieux. « Tu ne peux donc penser à rien d'autre ? » Sa voix était à peine plus forte qu'un murmure. « Tu n'es pas assez grande pour te rendre compte qu'il y a autre chose au monde que ces petites bêtes répugnantes ? Il va falloir que tu grandisses un peu. Tu ne pourras pas conserver toute ta vie ce genre d'attachements sentimentaux. Ce ne sont que des… des *animaux*, tu comprends ? Tu n'es pas capable de comprendre ça, petite fille ? Tu ne comprends pas ? »

Mariko rendit son regard à sa mère.

« Si tu veux, Mariko-San, intervins-je, je peux venir les nourrir de temps en temps. Et ils finiront par se débrouiller pour se trouver des maisons. Ne t'inquiète pas. »

La petite fille se tourna vers moi. « Maman avait dit que je pourrais garder les chatons.

— Cesse d'être aussi puérile, dit sèchement Sachiko. Tu fais exprès d'être pénible, comme toujours. Qu'importent ces petits êtres ignobles ? » Elle se mit debout et alla jusqu'au coin où se trouvait Mariko. Sur le tatami, les chatons reculèrent ; Sachiko les regarda et respira profondément. Très calmement, elle retourna sur le côté la caisse à légumes, de façon à ce que les panneaux en grillage soient vers le haut ; elle se pencha, prit les chatons et les lâcha un par un dans la caisse. Puis elle se tourna vers sa fille ; Mariko s'accrochait encore au dernier chaton.

« Donne-moi ça », dit Sachiko.

Mariko tenait toujours le chaton. Sachiko s'avança et tendit la main. La petite fille se tourna et me regarda.

« C'est Atsu. Vous voulez le voir, Etsuko-San ? C'est Atsu.

— Donne-moi cette bestiole, Mariko, dit Sachiko. Ne comprends-tu pas que ce n'est qu'un animal ? Pourquoi n'arrives-tu pas à comprendre ça ? Es-tu réellement trop jeune ? Ce n'est pas ton petit bébé, ce n'est qu'un animal, comme un rat, ou un serpent. Allez, donne-le-moi. »

Mariko leva les yeux vers sa mère. Puis, lentement, elle baissa les bras et lâcha le chaton sur le tatami, devant elle. Le chaton se débattit quand Sachiko le souleva. Elle le fit tomber dans la caisse à légumes et ferma le grillage coulissant.

« Reste ici », dit-elle à sa fille. Elle prit la boîte entre ses bras. En passant devant moi, elle me dit : « Tout cela est idiot, ce ne sont que des animaux, quelle importance est-ce que ça a ? »

Mariko se leva et parut décidée à suivre sa mère. Arrivée devant la porte, Sachiko se retourna et dit : « Fais ce qu'on te dit. Reste ici. »

Un long moment, Mariko resta debout à la limite du tatami, regardant la porte par laquelle sa mère avait disparu.

« Reste ici pour attendre ta mère, Mariko-San », lui dis-je.

La petite fille se retourna et me regarda. Un instant plus tard, elle était partie.

Pendant une minute ou deux, je restai immobile. Enfin, je me levai et passai mes sandales. Depuis l'entrée, je pouvais voir Sachiko au bord de l'eau, la caisse à légumes posée près de ses pieds ; elle ne me semblait pas avoir remarqué sa fille, debout à quelques mètres d'elle, là où le terrain commençait à descendre en pente raide. Je sortis de la maisonnette et gagnai l'endroit où se tenait Mariko.

« Retournons à la maison, Mariko-San », lui dis-je doucement.

La petite fille gardait les yeux fixés sur sa mère ; son visage était dénué de toute expression. Là-bas, un peu plus loin, Sachiko s'agenouilla avec précaution sur la berge et tira la boîte plus près d'elle.

« Rentrons, Mariko », dis-je à nouveau mais la fillette continuait à m'ignorer. Je la laissai et descendis la pente boueuse jusqu'à l'endroit où Sachiko était agenouillée. Le soleil couchant filtrait à travers les arbres de l'autre rive, et les roseaux qui poussaient au bord de l'eau projetaient de longues ombres sur le sol bourbeux, tout autour de nous. Sachiko avait trouvé un peu d'herbe sur laquelle s'agenouiller, mais même l'herbe était couverte de boue.

« Ne pouvons-nous pas les relâcher ? dis-je d'une voix égale. On ne sait jamais. Quelqu'un les prendra peut-être. »

Sachiko regardait par le grillage, à l'intérieur de la caisse à légumes. Elle fit glisser un panneau, sortit un chaton et referma la boîte. Tenant le chaton à deux mains, elle l'examina pendant quelques secondes, puis leva les yeux vers moi. « Ce n'est qu'un animal, Etsuko, dit-elle. Ça n'est rien de plus. »

Elle enfonça le chaton dans l'eau et l'y maintint. Elle resta quelques instants dans cette position, le regard tourné vers l'eau, les deux mains en dessous de la surface. Elle portait un kimono d'été léger, et le coin de chaque manche trempait dans l'eau.

Puis, pour la première fois, sans retirer ses mains de l'eau, Sachiko jeta un regard par-dessus son épaule, dans la direction où se trouvait sa fille. Je suivis instinctivement son regard, et l'es-

271

pace d'un instant, nous eûmes toutes deux les yeux fixés sur Mariko. Debout en haut de la pente, la petite fille nous observait, le visage toujours aussi inexpressif. En voyant sa mère tourner les yeux vers elle, elle bougea très légèrement la tête ; puis elle resta tout à fait immobile, les mains derrière le dos.

Sachiko sortit les mains de l'eau et contempla le chaton qu'elle tenait toujours. Elle le rapprocha de son visage et l'eau dégoulina sur ses poignets et sur ses bras.

« Il est encore vivant », dit-elle avec lassitude. Puis elle se tourna vers moi et me dit : « Regardez cette eau, Etsuko. Comme elle est sale. » L'air écœurée, elle laissa tomber le chaton trempé dans la boîte, qu'elle referma. « Comme ces créatures se débattent », marmonna-t-elle, levant les poignets pour me montrer les griffures. Je ne sais comment, même les cheveux de Sachiko avaient été mouillés ; une goutte, puis une autre tomba d'une fine mèche qui pendait sur le côté de son visage.

Sachiko changea de position et fit rouler la caisse à légumes jusqu'au bord de la berge ; la caisse tomba à l'eau. Pour l'empêcher de flotter, Sachiko se pencha en avant et la maintint. L'eau arrivait presque à mi-hauteur du grillage. Elle continua à tenir la boîte, puis elle la poussa finalement avec les deux mains. La caisse flotta un peu plus loin, ballottée par le courant, et s'enfonça davantage. Sachiko se mit debout, et toutes deux, nous suivîmes des yeux la caisse. Elle continuait à flotter, puis le courant l'emporta et elle descendit la rivière plus rapidement.

Ayant perçu un mouvement du coin de l'œil, je me retournai. Mariko avait couru sur plusieurs mètres le long de la rivière, jusqu'à une avancée de la berge. Debout sur le bord, elle regardait la boîte flotter, le visage toujours aussi vide. La caisse se prit dans des roseaux, se libéra, continua son voyage. Mariko se remit à courir. Elle suivit un moment la rive avant de s'arrêter à nouveau pour regarder la caisse. On ne voyait plus qu'un coin de la boîte dépasser au-dessus de la surface.

« Cette eau est si sale », dit Sachiko. Elle avait secoué ses mains pour les sécher. Elle essora tour à tour les manches de son kimono, puis essuya la boue qui avait taché ses genoux. « Rentrons, Etsuko. Les insectes deviennent intolérables.

— Est-ce qu'il ne faudrait pas aller chercher Mariko ? Il va bientôt faire noir. »

Sachiko se tourna et appela sa fille. Mariko était alors à une cinquantaine de mètres de nous, les yeux toujours fixés sur la rivière. Elle fit mine de ne pas entendre et Sachiko haussa les épaules.

« Elle reviendra le moment venu, dit-elle. Il faut que je finisse mes bagages tant qu'il reste un peu de lumière. » Elle s'engagea sur la pente qui menait à la maisonnette.

Sachiko alluma la lanterne et la suspendit à une poutre basse. « Ne vous inquiétez pas, Etsuko. Elle ne va pas tarder à revenir. » Elle se fraya un chemin parmi les divers objets qui jonchaient le tatami, et s'assit, comme auparavant, devant les cloisons ouvertes. Derrière elle, le ciel était maintenant pâle et terne.

Elle se remit à préparer ses bagages. Je m'assis de l'autre côté de la pièce et la regardai faire.

« Quels sont vos projets actuels ? lui demandai-je. Que comptez-vous faire une fois que vous serez à Kobé ?

— Tout est prévu, Etsuko, répondit-elle sans lever les yeux. Il n'y a aucun souci à se faire. Frank s'est occupé de tout.

— Mais pourquoi Kobé ?

— Il a des amis là-bas. À la base américaine. On lui a confié un poste sur un cargo, et il sera très prochainement en Amérique. De là-bas, il nous enverra la somme d'argent nécessaire, et nous le rejoindrons. Il a pris toutes les dispositions.

— Vous voulez dire qu'il quitte le Japon sans vous ? »

Sachiko rit. « Il faut avoir de la patience, Etsuko. Une fois qu'il sera en Amérique, il pourra travailler et envoyer de l'argent. C'est de loin la solution la plus raisonnable. Après tout, il lui sera beaucoup plus facile de trouver du travail lorsqu'il sera de retour en Amérique. Cela ne m'ennuie pas de l'attendre un peu.

— Je vois.

— Il s'est occupé de tout, Etsuko. Il nous a trouvé un logement à Kobé, et quand nous prendrons le bateau, nous aurons des billets à presque moitié prix. » Elle poussa un soupir. « Vous ne pouvez pas imaginer à quel point je suis contente de quitter cet endroit. »

Sachiko emballait toujours ses affaires. La pâle lumière qui venait du dehors éclairait un côté de son visage, alors que ses mains et ses manches recevaient la lueur de la lanterne. L'effet était étrange.

« Pensez-vous attendre longtemps à Kobé ? » demandai-je.

Elle haussa les épaules. « Je suis prête à me montrer patiente, Etsuko. Il faut avoir de la patience. »

Dans la pénombre, je n'arrivais pas à voir ce qu'elle pliait ; l'opération paraissait difficile, car je la vis défaire et refaire les plis à plusieurs reprises.

« En tout cas, Etsuko, poursuivit-elle, pourquoi se serait-il donné tout ce mal s'il n'était pas absolument sincère ? Pourquoi s'être donné autant de mal pour moi ? Quelquefois, Etsuko, vous semblez bien sceptique. Vous devriez être heureuse pour moi. Les choses prennent enfin bonne tournure.

— Mais oui, bien sûr. Je suis très heureuse pour vous.

— Sérieusement, Etsuko, ce ne serait pas juste de se mettre à douter de lui alors qu'il s'est donné tant de mal. Ce serait tout à fait injuste.

— Oui.

— Et Mariko sera plus heureuse là-bas. L'Amérique est un bien meilleur pays où grandir, pour une fille. Là-bas, elle pourra entreprendre toutes sortes de choses. Elle pourra devenir femme d'affaires. Ou étudier la peinture dans une université et devenir artiste. Tout cela est bien plus facile en Amérique, Etsuko. Le Japon n'est pas un bon pays pour les filles. Qu'est-ce qu'elle peut espérer, ici ? »

Je ne répondis pas. Sachiko leva les yeux vers moi et eut un petit rire.

« Essayez de sourire, Etsuko, dit-elle. Tout s'arrangera.

— Oui, j'en suis sûre.

— C'est certain, tout s'arrangera.

— Oui. »

Pendant une minute ou deux, Sachiko continua à s'occuper de ses bagages. Puis ses mains s'immobilisèrent, et elle tourna les yeux vers moi, le visage pris dans ce bizarre mélange de lumières.

« Vous devez me trouver idiote, dit-elle tranquillement. N'est-ce pas, Etsuko ? »

Je lui rendis son regard, un peu étonnée.

« Je sais que nous risquons de ne jamais arriver en Amérique, dit-elle. Et même si nous y arrivons, je sais à quel point tout sera difficile. Vous pensiez que je ne m'en rendais pas compte ? »

Je ne répondis pas, et nous continuâmes à nous regarder l'une l'autre.

« Et alors ? dit Sachiko. Quelle différence cela fait-il ? Pourquoi n'irais-je pas à Kobé ? Après tout, Etsuko, qu'est-ce que j'ai à perdre ? Rien ne m'attend chez mon oncle. Quelques pièces vides, c'est tout. Je pourrais aller m'asseoir dans une de ces pièces et attendre la vieillesse. À part cela, il n'y aura rien. Des pièces vides, et c'est tout. Vous le savez très bien, Etsuko.

— Et Mariko, dis-je. Et Mariko, que deviendra-t-elle ?

— Mariko ? Elle se débrouillera. Il faudra bien. » Sachiko me regardait toujours dans le demi-jour, la moitié de son visage plongée dans l'ombre. Elle dit enfin : « Croyez-vous que j'imagine un seul instant que je suis une bonne mère pour elle ? »

Je restai muette. Brusquement, Sachiko rit.

« Pourquoi parler ainsi ? » Ses mains recommencèrent à s'affairer. « Tout se passera bien, je vous assure. Je vous écrirai dès que je serai en Amérique. Peut-être même qu'un jour, vous viendrez nous rendre visite, Etsuko. Vous pourriez emmener votre enfant.

— Mais oui, bien sûr.

— Peut-être aurez-vous alors plusieurs enfants.

— Oui, dis-je avec un rire gêné. On ne sait jamais. »

Sachiko soupira et leva ses deux mains en l'air. « Il y a tant de choses à emballer, murmura-t-elle. Il va falloir que j'en laisse une partie. »

Je restai quelque temps assise à la regarder.

« Si vous voulez, dis-je enfin, je pourrais peut-être aller chercher Mariko. Il se fait tard.

— Vous allez vous fatiguer pour rien, Etsuko. Je vais finir mes bagages, et si elle n'est pas revenue, nous irons la chercher ensemble.

— Cela ne m'ennuie pas. Je vais voir si je peux la trouver. Il fait déjà presque nuit. »

Sachiko leva les yeux, puis elle haussa les épaules. « Vous feriez mieux d'emporter la lanterne, dit-elle. La berge est très glissante. »

Je me levai et décrochai la lanterne de la poutre. Les ombres se déplacèrent dans la pièce tandis que je l'emportais vers l'entrée. En sortant, je me retournai vers Sachiko. Je ne distinguais plus que sa silhouette, assise devant les cloisons ouvertes ; derrière elle, le ciel était presque assombri par la nuit.

Des insectes suivaient ma lanterne tandis que je longeais la rivière. Parfois, l'un d'eux se retrouvait à l'intérieur, pris au piège, et je n'avais plus alors qu'à m'arrêter et à immobiliser la lanterne jusqu'à ce qu'il parvienne à en sortir.

À force de marcher, je vis devant moi le petit pont de bois. En le traversant, je m'arrêtai un moment pour contempler le ciel du soir. Je m'en souviens, une étrange sensation de tranquillité monta en moi alors, sur ce pont. Je restai là quelques minutes, penchée par-dessus le garde-fou, écoutant la rivière couler en dessous de moi. Lorsque je me retournai enfin, je vis mon ombre projetée par la lanterne s'étendre en travers des planches du pont.

« Qu'est-ce que tu fais là ? » demandai-je ; la

petite fille était devant moi, accroupie sous l'autre garde-fou. Je m'avançai pour mieux la voir à la lumière de ma lanterne. Elle regardait ses paumes et ne répondit pas.

« Qu'est-ce qui ne va pas ? Pourquoi es-tu accroupie comme ça ? »

Les insectes se massaient autour de la lanterne. Je la posai sur le pont, devant moi, éclairant ainsi plus nettement le visage de l'enfant. Au bout d'un long silence, elle dit : « Je ne veux pas m'en aller. Je ne veux pas partir demain. »

Je poussai un soupir. « Mais ça va te plaire. Les choses nouvelles font un peu peur à tout le monde. Ça te plaira, là-bas.

— Je ne veux pas m'en aller. Et je ne l'aime pas. Il a l'air d'un cochon.

— Il ne faut pas parler comme ça », dis-je d'une voix coléreuse. Nous échangeâmes un long regard, puis, à nouveau, elle baissa les yeux sur ses mains.

« Tu ne dois pas parler ainsi, répétai-je plus calmement. Il t'aime beaucoup, et ce sera un nouveau père pour toi. Tout ira bien, je te le promets. »

L'enfant resta muette. Je soupirai à nouveau.

« De toute façon, continuai-je, si ça ne te plaît pas là-bas, nous pourrons toujours rentrer. »

Cette fois-là, elle leva vers moi des yeux interrogateurs.

« Oui, je te le promets. Si ça ne te plaît pas, nous repartirons immédiatement. Mais il faut essayer, pour voir si nous nous plairons là-bas. Je suis sûre que nous nous y plairons. »

La petite fille m'observait attentivement. « Pourquoi est-ce que vous tenez ça ? demanda-t-elle.

— Ça ? Ça s'est accroché à ma sandale, c'est tout.

— Pourquoi est-ce que vous le tenez ?

— Je viens de te le dire. Je me suis pris le pied dedans. Qu'est-ce qui ne va pas ? » J'eus un rire bref. « Pourquoi me regardes-tu comme ça ? Je ne vais pas te faire de mal. »

Sans me quitter des yeux, elle se mit lentement debout.

« Qu'est-ce qui ne va pas ? » répétai-je.

L'enfant se mit à courir ; ses pas résonnaient sur les planches du pont. Arrivée au bout du pont, elle s'arrêta et me regarda d'un air soupçonneux. Je lui souris et pris la lanterne. L'enfant se remit à courir.

Une demi-lune était apparue au-dessus de l'eau et je restai sur le pont pour la contempler ; je passai ainsi un long moment tranquille. Dans la pénombre, je crus voir Mariko qui courait le long de la rivière, dans la direction de la maisonnette.

XI

Je crus d'abord que quelqu'un, après être passé devant mon lit, avait quitté la pièce en fermant la porte doucement. Puis, un peu mieux réveillée, je me rendis compte que cette idée était absurde.

Couchée dans mon lit, je guettai d'autres bruits. J'avais certainement entendu Niki dans la pièce à côté ; tout au long de son séjour, elle s'était plainte de mal dormir. Ou peut-être n'y avait-il pas eu le moindre bruit ; de nouveau, par habitude, je m'étais réveillée aux premières heures du jour.

Des chants d'oiseaux me parvenaient du dehors, mais ma chambre était encore plongée dans l'ombre. Au bout de quelques minutes, je me levai et pris ma robe de chambre. Quand j'ouvris ma porte, la lumière, dehors, était très pâle. Je fis quelques pas sur le palier et presque instinctivement, je jetai un regard vers l'autre bout du couloir, vers la porte de Keiko.

L'espace d'un instant, je fus certaine d'avoir entendu un bruit provenant de la chambre de Keiko, un petit bruit bien net mêlé aux chants des oiseaux. Je m'immobilisai, tendant l'oreille, puis je me dirigeai vers la porte. J'entendis alors d'autres bruits, et je me rendis compte qu'ils venaient de la cuisine, au rez-de-chaussée. Je restai encore un instant sur le palier, puis je descendis l'escalier.

Niki sortait de la cuisine et sursauta en me voyant.

« Oh, maman, tu m'as vraiment fait peur. »

Dans la pénombre du hall, je ne distinguai d'elle qu'une silhouette frêle ; vêtue d'une robe de chambre de couleur claire, elle tenait une tasse entre ses deux mains.

« Excuse-moi, Niki. Je me suis dit que c'était peut-être un cambrioleur. »

Ma fille respira profondément ; elle semblait encore ébranlée. Puis elle dit : « Je n'arrivais pas à bien dormir. Alors je me suis dit que je ferais aussi bien d'aller préparer un peu de café.

— Quelle heure est-il ?

— À peu près cinq heures, je pense. »

Elle alla dans le salon, me laissant debout au pied de l'escalier. J'entrai dans la cuisine pour me faire du café avant d'aller la rejoindre. Dans le salon, Niki avait ouvert les rideaux ; elle regardait le jardin d'un œil vide. La lumière grise venue de la fenêtre éclairait son visage.

« Va-t-il encore pleuvoir, à ton avis ? » lui demandai-je.

Elle haussa les épaules et continua à regarder par la fenêtre. Je m'assis près de la cheminée ; je l'observais. Elle soupira avec lassitude et dit :

« Je crois que je ne dors pas bien. Je fais tout le temps des mauvais rêves.

— C'est ennuyeux, Niki. À ton âge, tu ne devrais pas avoir de mal à dormir. »

Elle se tut et continua à regarder le jardin.

« Quel genre de mauvais rêves fais-tu ?

— Des mauvais rêves, c'est tout.

— De quoi rêves-tu, Niki ?

— Je fais des mauvais rêves, voilà tout, dit-elle, brusquement irritée. Qu'est-ce que ça peut faire, de quoi je rêve ? »

Nous restâmes un moment silencieuses. Puis Niki dit sans se retourner :

« J'imagine que papa aurait dû s'occuper un peu plus d'elle, non ? La plupart du temps, il faisait comme si elle n'existait pas. Ce n'était pas juste, je trouve. »

J'attendis pour voir si elle allait en dire plus. Je répondis enfin : « C'est compréhensible, tu sais. Ce n'était pas son vrai père, après tout.

— Mais quand même, ce n'était pas juste. »

Je m'aperçus que dehors, le jour était presque levé. Un oiseau solitaire chantait sa chanson tout près de la fenêtre.

« Ton père était parfois un peu idéaliste, repris-je. À l'époque, vois-tu, il était vraiment convaincu qu'ici, nous pourrions lui donner une vie heureuse. »

Niki haussa les épaules. Je l'observai encore un moment, puis je dis : « Mais vois-tu, Niki, je l'ai toujours su, moi. J'ai toujours su qu'elle ne serait pas heureuse ici. Mais j'ai quand même décidé de l'emmener. »

Ma fille sembla réfléchir un moment à ce que je venais de dire. Elle se tourna vers moi : « Ne dis pas de bêtises, comment aurais-tu pu le savoir ? Et tu as fait tout ce que tu pouvais pour elle. Tu es bien la dernière personne à qui on puisse reprocher ce qui s'est passé. »

Je restai silencieuse. Son visage, dépourvu de tout maquillage, paraissait très jeune.

« De toute façon, reprit-elle, il y a des cas où il faut prendre des risques. Tu as fait exactement ce qu'il fallait. On ne peut quand même pas accepter de voir sa vie gâchée. »

Je posai la tasse que j'avais tenue jusqu'alors et plongeai mon regard dans le jardin, au-delà d'elle. Il n'y avait aucun signe de pluie et le ciel paraissait plus clair que les matins précédents.

« Ç'aurait vraiment été idiot, poursuivit Niki, de te résigner à la situation telle qu'elle était et de ne rien faire pour t'en sortir. Au moins, tu as fait un effort.

— Tu as raison. Et maintenant, n'en parlons plus.

— C'est lamentable de voir les gens gâcher leur vie.

— N'en parlons plus, répétai-je d'un ton plus ferme. Cela n'a aucun intérêt de revenir sur cette histoire maintenant. »

Ma fille se détourna à nouveau. Nous restâmes quelque temps assises sans rien dire, puis je me levai et me rapprochai de la fenêtre.

« On dirait que la matinée se présente bien mieux, aujourd'hui, remarquai-je. Le soleil va peut-être se montrer. Si c'est le cas, Niki, nous pourrions aller nous promener. Cela nous ferait le plus grand bien.

— Sûrement », marmonna-t-elle.

Lorsque je quittai le salon, ma fille était toujours à cheval sur sa chaise et regardait le jardin d'un œil vide, le menton appuyé sur une main.

Le téléphone sonna au moment où nous finissions de prendre notre petit déjeuner dans la cuisine. Il avait sonné si fréquemment pour elle au cours des journées qui venaient de s'écouler qu'il me parut naturel de la laisser répondre.

Lorsqu'elle revint, son café avait eu le temps de refroidir.

« C'étaient tes amis ? » demandai-je.

Elle acquiesça et alla brancher la bouilloire.

« En fait, maman, il faut que je reparte cet après-midi. Ça ne t'ennuie pas ? » Elle était debout, une main sur la poignée de la bouilloire, l'autre sur la hanche.

« Bien sûr que non. J'ai été heureuse de ta visite, Niki.

— Je reviendrai bientôt te voir. Mais il faut vraiment que je rentre.

— Tu n'as pas à t'excuser. Il est tout à fait nécessaire que tu mènes ta vie à toi, maintenant. »

Niki se détourna et attendit que son eau chauffe. Au-dessus de l'évier, les vitres étaient un peu embuées, mais dehors le soleil brillait. Niki se fit du café et s'assit devant la table.

« À propos, maman. Tu sais, l'amie dont je te parlais, celle qui écrit un poème sur toi ? »

Je souris. « Ah oui, ton amie.

— Elle voudrait que je lui rapporte une photo ou quelque chose dans ce genre. De Nagasaki. Est-ce que tu as quelque chose ? Une vieille carte postale, par exemple ?

— Je devrais certainement arriver à te trouver quelque chose. Quelle idée absurde — je ris — qu'est-ce qu'elle peut bien écrire sur moi ?

— C'est vraiment un bon poète. Elle a connu des moments difficiles, tu sais. C'est pour ça que je lui ai parlé de toi.

— Je suis sûre qu'elle va écrire un poème magnifique, Niki.

— Une vieille carte postale, quelque chose dans ce goût-là. Pour qu'elle puisse avoir une impression d'ensemble.

— Là, Niki, je ne sais pas trop. Il faut vraiment qu'elle ait une impression de l'*ensemble* ?

— Oh, tu comprends ce que je veux dire. »

Je ris à nouveau. « Je te chercherai ça tout à l'heure. »

Niki venait de se beurrer un toast, mais elle reprit le couteau pour enlever le surplus de beurre. Ma fille a toujours été maigre, et je trouvai amusant qu'elle ait peur de grossir. Je l'observai pendant un moment.

« Quand même, dis-je enfin, c'est dommage que tu partes aujourd'hui. Je voulais te proposer d'aller au cinéma ce soir.

— Au cinéma ? Pourquoi, qu'est-ce qu'ils donnent ?

— Je ne sais pas du tout quel genre de films passent en ce moment. J'espérais que tu serais mieux informée que moi.

— En fait, maman, il y a une éternité que nous n'avons pas été au cinéma ensemble. La dernière fois, j'étais encore petite. » Niki sourit, et l'espace d'un instant, son visage redevint enfantin. Elle posa son couteau et examina sa tasse de café. « Moi non plus, je ne vois pas beaucoup de films, dit-elle. Il y en a toujours des tas à Londres, mais nous n'y allons pas souvent.

— Si tu préfères, il y a aussi le théâtre. Avec le bus, maintenant, on arrive à la porte du théâtre. Je ne sais pas ce qu'ils jouent en ce moment, mais on peut se renseigner. C'est le journal local que je vois derrière toi ?

— Ne te donne pas tant de mal, maman. Ce n'est pas la peine.

— Je crois que quelquefois, ils jouent de très bonnes pièces. Et même des pièces tout à fait modernes. Ça doit être indiqué dans le journal.

— Ce n'est pas la peine, maman. De toute façon, il faut que je rentre aujourd'hui. Ça me ferait plaisir de rester, mais il faut vraiment que je m'en aille.

— Bien sûr, Niki. Tu n'as pas à t'excuser. » Je lui souris, d'un côté de la table à l'autre. « En fait, je suis vraiment heureuse que tu aies de bons amis dont tu apprécies la compagnie. Si tu en invites ici, je serai enchantée de les recevoir.

— Oui, maman. Merci. »

La chambre d'amis où Niki s'était installée était petite et nue ; ce matin-là, elle était baignée de soleil.

« Est-ce que cela fera l'affaire, pour ton amie ? » demandai-je, debout sur le seuil.

Niki rangeait ses affaires dans sa valise posée sur le lit ; elle jeta un bref coup d'œil au calendrier que j'avais trouvé. « Parfait », dit-elle.

Je m'avançai dans la pièce. De la fenêtre, je voyais le verger et les rangées régulières de jeunes arbres frêles. À l'origine, le calendrier que je tenais avait comporté une photographie par mois, mais elles avaient toutes été arrachées, sauf la dernière. Pendant un moment, j'examinai la photo restante.

« Ne me donne rien d'important, dit Niki. Si tu ne trouves rien, ce n'est pas grave. »

Je ris et posai la photo sur le lit, à côté de ses affaires. « Ce n'est qu'un vieux calendrier, sans plus. Je ne sais pas pourquoi je l'ai gardé. »

Niki fit passer une mèche de cheveux derrière son oreille et se remit à faire sa valise.

« Je suppose, dis-je enfin, que tu as l'intention de continuer à vivre à Londres pour le moment. »

Elle haussa les épaules. « Je suis très heureuse là-bas.

— Tu salueras de ma part tous tes amis.

« — D'accord.

— Et David. C'est bien son nom, n'est-ce pas ? »

Elle haussa à nouveau les épaules sans rien dire. Elle avait apporté trois paires de bottes, et elle se démenait maintenant pour arriver à les caser dans sa valise.

« Niki, j'imagine que tu n'as pas encore de projets de mariage ?

— Pourquoi est-ce que je me marierais ?

— Ce n'était qu'une question.

— Quel est l'intérêt de se marier ?

— Tu as simplement l'intention de continuer à… à vivre à Londres, c'est ça ?

— Enfin, pourquoi veux-tu que je me marie ? C'est de la bêtise, maman. » Elle roula le calendrier et le rangea dans sa valise. « Toutes ces femmes qui se laissent laver le cerveau. Elles croient que le seul but de la vie, c'est de se marier et d'avoir des tas de mômes. »

Je l'observais toujours. Je lui dis enfin : « Mais au bout du compte, Niki, la vie, ce n'est pas grand-chose d'autre.

— Bon Dieu, maman, il y a tellement de choses à faire. Je n'ai pas envie de me retrouver coincée entre un mari et un tas de mômes braillards. Pourquoi est-ce que tu te mets d'un seul coup à me parler de ça ? » Le couvercle de sa valise refusait de se fermer. Elle appuya dessus d'un geste impatient.

« Je me demandais seulement ce que tu avais comme projets, Niki, lui dis-je en riant. Ce n'est pas la peine de te mettre en colère. Bien sûr, tu ne feras que ce que tu choisiras de faire. »

Elle rouvrit le couvercle et disposa de façon un peu différente le contenu de sa valise.

« Allons, Niki, ce n'est pas la peine de te mettre en colère. »

Cette fois-ci, elle arriva à fermer le couvercle. « Dieu sait pourquoi j'ai apporté tant de choses », grogna-t-elle.

« Qu'est-ce que tu dis aux gens, maman ? demanda Niki. Qu'est-ce que tu leur dis quand ils te demandent où je suis ? »

Ma fille avait décidé qu'elle pouvait attendre l'après-midi pour partir, et nous étions sorties dans le verger, derrière la maison. Le soleil brillait toujours, mais l'air était glacial. Je la regardai, interloquée.

« Mais je leur dis que tu vis à Londres, Niki. C'est la vérité, non ?

— Oui, bien sûr. Mais ils ne te demandent pas ce que je fais ? Comme la vieille Mrs. Waters, l'autre jour ?

— Si, ils me le demandent parfois. Je leur dis que tu vis avec des amis. Vraiment, Niki, je ne me doutais pas que tu te souciais à ce point de ce que les gens pensent de toi.

— Je ne m'en soucie pas. »

Nous marchions d'un pas lent. Par endroits, le terrain était bourbeux.

« Ça ne te plaît pas beaucoup, n'est-ce pas, maman ?

— Qu'est-ce qui ne me plaît pas, Niki ?

— Ma façon de vivre. Ça ne te plaît pas que je vive loin d'ici. Avec David, et tout. »

Nous étions arrivées au fond du verger. Niki s'avança sur un petit chemin sinueux et le traversa, se dirigeant vers une barrière en bois qui clôturait un pré. Je la suivis. La prairie était vaste et montait en pente douce dans le lointain. À son faîte, nous apercevions deux sycomores graciles qui se détachaient contre le ciel.

« Je n'ai pas honte de toi, Niki, lui dis-je. Tu dois vivre comme tu le penses bon. »

Ma fille contemplait le pré. « Ils mettaient des chevaux ici autrefois, non ? » dit-elle en posant ses bras sur la barrière. Je regardai : mais aucun cheval n'était visible.

« C'est étrange, tu sais, dis-je. Je me rappelle qu'au moment de mon premier mariage, il y a eu énormément de discussions parce que mon mari ne voulait pas vivre avec son père. En ce temps-là, tu vois, c'était encore la coutume au Japon. Il y a eu beaucoup de discussions là-dessus.

— Tu a dû être drôlement soulagée, dit Niki sans quitter le pré des yeux.

— Soulagée ? Pourquoi ?

— Parce que tu n'as pas été forcée de vivre avec son père.

— Au contraire, Niki. J'aurais été heureuse qu'il vive avec nous. En plus, il était veuf. Elle n'était pas si mauvaise que ça, la vieille coutume japonaise.

— Bien sûr, tu dis ça maintenant. Mais je parie que ce n'est pas ce que tu pensais à l'époque.

— Mais tu ne comprends pas du tout, Niki. J'aimais beaucoup mon beau-père. » Je la regardai un moment et pour finir, j'éclatai de rire. « Tu as peut-être raison. Peut-être que j'ai été soulagée qu'il ne vienne pas vivre avec nous. Je ne me souviens plus, maintenant. » Je me penchai en avant et touchai le haut de la barrière en bois. Il y avait un peu d'humidité au bout de mes doigts. Je m'aperçus que Niki m'observait et je levai la main pour la lui montrer. « Il y a encore du givre, dis-je.

— Penses-tu encore beaucoup au Japon, maman ?

« — Je crois, oui. » Je me tournai à nouveau vers la prairie. « Il me reste quelques souvenirs. »

Deux poneys avaient surgi près des sycomores. Un instant, ils restèrent tout à fait immobiles, côte à côte, dans le soleil.

« Ce calendrier que je t'ai donné ce matin. C'est une vue du port de Nagasaki. Ce matin, je me suis rappelé l'excursion que nous y avons faite, un jour. Les collines qui dominent le port sont très belles. »

Les poneys passèrent lentement derrière les arbres.

« Qu'est-ce que ça avait de particulier ?

— Quoi ?

— La journée que vous avez passée au port.

— Oh, ça n'avait rien de particulier. Je me la suis rappelée, c'est tout. Keiko était heureuse, ce jour-là. Nous avons pris le téléférique. » Je ris et me tournai vers Niki. « Non, rien de particulier. C'est un souvenir heureux, tout simplement. »

Ma fille poussa un soupir. « Tout est si calme ici. Je ne me rappelais pas que c'était aussi calme.

— Oui, cela doit paraître calme, à côté de Londres.

— Tu dois t'ennuyer un peu quelquefois, toute seule ici.

— Mais j'aime le calme, Niki. Je me dis toujours qu'ici, c'est vraiment l'Angleterre. »

Je me détournai du pré et regardai un moment en arrière, dans la direction du verger.

« Tous ces arbres n'étaient pas là quand nous sommes arrivés ici, dis-je enfin. Il n'y avait que des prés, et d'ici, on voyait la maison. Quand ton père m'a amenée ici pour la première fois, Niki, je me rappelle m'être dit que tout cela, c'était vraiment l'Angleterre. Tous ces prés, et la maison aussi. C'était exactement l'image que j'avais toujours eue de l'Angleterre, et j'étais ravie. »

Niki respira profondément et s'écarta de la barrière. « On ferait mieux de rentrer, dit-elle. Il va bientôt falloir que j'y aille. »

Tandis que nous traversions le verger, le ciel parut se couvrir.

« L'autre jour, je me suis dit que je ferais peut-être bien de vendre la maison maintenant.

— Vendre ?

— Oui. Pour habiter une maison plus petite, peut-être. Ce n'est qu'une idée.

— Tu veux vendre la maison ? » Ma fille me jeta un regard inquiet. « Mais c'est une maison tellement agréable.

— Mais elle est si grande maintenant.

— Mais elle est tellement agréable, maman. Ça serait vraiment trop dommage.

— Oui, sûrement. Ce n'était qu'une idée, Niki, c'est tout. »

J'aurais voulu l'accompagner jusqu'à la gare — qui n'est qu'à quelques minutes de marche — mais cette idée parut la gêner. Elle s'en alla peu après le déjeuner l'air bizarrement embarrassée, comme si elle était partie sans mon autorisation. L'après-midi était gris et venteux, et je restai debout sur le seuil tandis qu'elle descendait l'allée. Elle portait les mêmes vêtements moulants que le jour de son arrivée, et sa valise lui faisait traîner un peu la jambe. Arrivée au portail, Niki tourna la tête et parut surprise de voir que j'étais restée sur le seuil. Je lui souris et j'agitai la main.

DU MÊME AUTEUR

Aux Éditions des Deux Terres

LE GÉANT ENFOUI, 2015 (Folio n° 6118).

NOCTURNES, 2010 (Folio n° 5307).

AUPRÈS DE MOI TOUJOURS, 2006 (Folio n° 4659).

Aux Éditions Calmann-Lévy

QUAND NOUS ÉTIONS ORPHELINS, 2001 (1re éd. Belfond, 1994). (Folio n° 4986).

LES VESTIGES DU JOUR, 2001 (1re éd. Belfond, 1994). (Folio n° 5040).

L'INCONSOLÉ, 1997 (Folio n° 5039).

Aux Éditions Presses de la Renaissance

UN ARTISTE DU MONDE FLOTTANT, 1987 (Folio n° 4862).

LUMIÈRE PÂLE SUR LES COLLINES, 1984 (Folio n° 4931).

Composition Nord Compo
Impression Novoprint
à Barcelone, le 10 octobre 2017
Dépôt légal : octobre 2017
1ᵉʳ dépôt légal dans la collection : mai 2009

ISBN 978-2-07-038984-1./Imprimé en Espagne.